にする恥ずかしさに、
illustration by TOMO KUNISAWA

飴《あめ》と鞭《むち》も恋《こい》のうち～Ｔｈｉｒｄキス～

いおかいつき
ITSUKI IOKA

イラスト
國沢 智
TOMO KUNISAWA

Lovers Label

CONTENTS

1

午後六時、真夏ならまだ明るい時刻《じこく》だが、二月の今はすっかり夜の装《よそお》いになっている。それでも東京の街は暗闇《くらやみ》に包まれることはない。街灯や行き交う車のライトが明るさをもたらしていた。

そんな真冬の夜の街を、佐久良晃紀《さくらあきのり》は少しでも寒さを和らげるため、チェスターコートの襟《えり》を立てて歩いていた。駅から自宅マンションへいつも通る道だ。何もなければ十分とかからないけれど、今日は違った。

マンションまでの道のりで最後に渡る交差点が見えてきた。その佐久良の十メートルほど前を高校生くらいの少年が歩いている。

佐久良はただ、その光景を見ていた。

歩道の信号が赤になり、交差点の手前で少年が足を止める。そのときだった。

「危ないっ」

佐久良は少年に向かって叫《さけ》んだ。車道を走っていた自転車が確認もせずに、少年のいる歩道へと乗り上げてきたのだ。

叫び声は少年にも届いたのだろう。けれど、その声が自分にかけられたものだとは思わなかったようだ。その場から動かず、首を回すだけだった。

「うわぁっ……」

少年の驚《おどろ》いたような声の後、自転車が少年にぶつかった。

　自転車に乗っていたのは、リュックを背負ったスーツ姿の二十代後半くらいの男だった。その男は自転車もろとも地面に倒れ込んだ。そして、ぶつかられた少年もまた跳《は》ね飛ばされたのか、地面に腰を打っている。

　幸いなことにどちらもたいした怪我《けが》ではなかったようで、二人はすぐに立ち上がった。

　スーツの男は自転車を歩道に引き上げようとしていて、少年は何かを探すように周囲を見回している。

　どうやら、少年はスマホを落としたようで、それを探していたらしい。見つけたのは佐久良のほうが早かった。

　落ちた衝撃《しょうげき》で割れたのだろう。拾い上げたスマホの画面はひびが入っていた。

「これだろう」

　佐久良は少年にスマホを差し出す。

　少年は一瞬、驚いたように目を見開いたが、すぐにスマホを受け取った。

「ありがとうございます」

　頭を下げる少年に向けていた佐久良の視線の端《はし》に、スーツの男が自転車に跨《また》がっているのが見えた。

「どこに行くつもりだ」

　佐久良が男に呼びかけると、その男はびくりと体を震《ふる》わせ、顔を向ける。

　呼び止められるとは思っていなかったのか、動きを止めてしまった男に近づき、佐久良は自転車のハンドルバーを握《にぎ》った。これでもう走り出せない。

「な、なんですか?」

問いかける男の態度がどこか怯《おび》えたように見える。

男はどう見ても二十代後半、三十六歳の佐久良のほうが明らかに年上で、なおかつその態度があまりにも堂々としていたからだろう。

「これは事故《じこ》だ。黙《だま》って立ち去っていいわけないだろう」

「でも、怪我もしてないし……」

「スマホが壊れている。しかも、百パーセント君の過失《かしつ》だ。俺が見ていたから、言い逃《のが》れはできない」

佐久良が諭《さと》すと、反論していた男はみるみる項垂《うなだ》れる。

とりあえず、もう逃げ出すことはなさそうだ。交通課に連絡して、誰か寄こしてもうらかと佐久良がスマホを出そうとしたときだ。

「佐久良警部《けいぶ》」

呼びかけられた声に顔を向ける。自転車に乗った制服警官《けいかん》が近づいてきて、佐久良のそばで自転車を降りた。

佐久良はその警察官の名前を知らないが、警視庁捜査一課《けいしちょうそうさいっか》で班長《はんちょう》として捜査指揮《そうさしき》をとる立場上、知られていても不思議《ふしぎ》はない。

「通報があったのか?」

「はい。自転車と歩行者がぶつかったと」

警官がハキハキと答える。その通報で、最寄りの交番から駆《か》けつけてきたらしい。佐久良が二人の相手をしている間に、通行人の誰かが通報してくれていたようだ。

佐久良は自分が見た状況《じょうきょう》を正確に警察官に説明する。目撃者《もくげきしゃ》として、佐久良がいれば充分だろう。加害者《かがいしゃ》である自転車の男も責任逃れはできないはずだ。

「それじゃ、後は任せていいか？」

佐久良はあくまでも目撃者だ。警官が来たのだから、もうこの場にいる必要はない。警官に何かあれば本庁捜査一課まで連絡するように言って、その場を離れようとした。

「あの……」

佐久良の背中に声がかかる。振り返ると、被害者《ひがいしゃ》の少年が呼びかけていた。

佐久良は改めて少年をきちんと見た。ダッフルコートの下にブレザーの学生服を身につけている。中学生には見えないから高校生で間違いないだろう。身長は百七十センチくらいで細身、黒に近い濃茶の髪はマッシュショートにしていて、今時の少年といった雰囲気《ふんいき》だ。

「ありがとうございました」

二度目の感謝の言葉は、加害者の男を引き留めたことに対してだろう。佐久良がいなければ、警官が来る前に男は立ち去っていたはずだ。

「いや、怪我がなくてよかった」

そんなに深く感謝されることではないと、佐久良は今度こそ、その場から立ち去った。

そこからマンションまでは五分とかからない。寒さを紛《まぎ》らわすように早足で歩くと、あっという間にマンションに着いた。

「何やってるんだ？」

佐久良が呆《あき》れ口調で問いかけるのも無理はない。

マンションのエントランス前に、捜査一課の部下である若宮陽生《わかみやはるき》と望月芳佳《もちづきよしか》が立っていたからだ。

「遅かったですね」

マフラーで口元を覆《おお》った望月が近づいてくる。

「寒いなら、こんなところで待たなくていい」

「ここなら、帰ってきたのを絶対に見逃さないから」

そう答えた若宮は、マフラーこそしていないものの、やはり寒いのか小刻《こきざ》みに足を動かしている。

「風邪《かぜ》引くぞ。来るんだったら連絡しろ」

「まっすぐ帰ってくると思ったんですよ。予想どおりの時間なら、ほとんど待つことなかったんです」

自分の読みが外《はず》れたのが不服《ふふく》そうに、望月が言った。

「ああ、そこで事故に出くわし……」

「怪我は？」

「大丈夫なんですか？」

佐久良の言葉を遮《さえぎ》り、二人が詰《つ》め寄ってくる。

「俺はただの目撃者だよ」

「なんだ、よかった」

ほっとしたように若宮が息を吐く。望月の肩からも力が抜けた。

「ただ、その場にいたのに刑事《けいじ》が素通りするわけにはいかないからな。警察官に目撃した状況を説明してたんだ」

「さすが、班長」

「お疲れ様でした」

二人がそれぞれ佐久良をねぎらう。

立ち話をする佐久良たちの間を夜の風が吹《ふ》き抜ける。若宮と望月がその風の冷たさに身を震わせた。そんな姿を見れば、佐久良も妥協《だきょう》するしかない。

「寒いのに立ち話もなんだから、中に入ろう」

「いいんですか？」

約束をしていなかったからか、望月が遠慮《えんりょ》がちに尋《たず》ねる。

「そうそう。顔を見たくて来ただけだから」

若宮も珍《めずら》しく遠慮がちだ。

今日は朝から二人に会っていなかった。若宮と望月は別の班の捜査に助っ人として駆《か》り出され

ていたし、佐久良は班長として会議に出席していたからだ。

「ここまで来てるのに、追い返すほど鬼《おに》じゃない」

「さすが、班長」

「ありがとうございます」

若宮と望月が嬉《うれ》しそうに笑って言った。

「ただ、次からはちゃんと連絡を入れろよ」

「了解です」

佐久良の言葉に二人が珍しく声を合わせて答えた。

三人でマンションに入り、佐久良の部屋に直行する。

エレベーターに乗り込んでから、佐久良は二人に尋ねた。

「今日はどうだった？」

「本条《ほんじょう》さん、人使い荒《あら》いです」

若宮が疲《つか》れたように愚痴《ぐち》を言った。てっきり若宮の冗談《じょうだん》かと思ったのだが、望月が神妙《しんみょう》な顔で頷《うなず》いている。

本条直之《ほんじょうなおゆき》は捜査一課のエースであり、佐久良がもっとも尊敬《そんけい》する刑事だ。だが、班長ではないから、本来なら若宮たちに指示を出す立場ではないはずだ。

「ああ、そうか。今日は三井《みつい》班長も会議に出ていたから、本条さんが指揮をとったのか」

佐久良は今日の朝の会議を思い出した。朝一番の会議だったから、その日の捜査指揮を三井は本条に託《たく》したのだろう。

佐久良たちは担当していた事件を解決したばかりで、昨日から待機となっていた。そのため、人手が足りないという三井班に、佐久良班のほとんどが駆り出されたのだ。

そんな話をしているうちにエレベーターは部屋のあるフロアに到着した。そして、部屋に入った途端《とたん》、

「晃紀、もうご飯は食べました？」

若宮の呼びかけが、上司にではなく恋人のものに変わる。

若宮だけでなく、望月もまた、周囲に秘密の佐久良の年下の恋人だ。何度もバレそうになり、一部の人間にバレてしまったりした結果、恋人になるのは誰の目もない場所だけにしようと決めた。

「いや、まだだ。お前たちは？」

「俺たちもです」

「ギリギリまでこき使われてたから」

若宮はまだ助っ人捜査の不満が消えないようだ。

「俺もまだだ。何かデリバリーを頼むか？」

そう言いながら佐久良がコートを脱《ぬ》ぐと、若宮がそれを受け取る。

若宮はとにかく佐久良の世話を焼きたいらしく、人の目がなくなる場所では、佐久良に何もさせないくらいマメに動く。それは食事でも同じらしい。

「こういうときくらい、俺が作りますって」

「そうは言っても材料がな」

佐久良は自炊《じすい》を一切《いっさい》しないから、冷蔵庫には飲み物くらいしか入っていない。だから、ありがたい若宮の申し出だが無理だと言うしかなかった。

「大丈夫。こんなこともあろうかと、冷凍庫に食材入れときました」

「いつの間に」

「晃紀さんはキッチンなんて、ほとんど見ないから気づかないんですよ」

驚く佐久良に望月が説明する。

「俺たちが着替えを置いてることには気づいてますよね？」

「それはさすがにな」

佐久良は苦笑する。クローゼットの中に見知らぬスーツがかかっているのに気づいたときも驚いた。運び入れている瞬間を目撃していないからだ。気づけば、そこにあったのだ。

こんなふうに二人の私物が部屋を侵食《しんしょく》していくことを、佐久良はいつの間にか自然と受け入れていた。


若宮が作ったパスタとスープを食べた後、交代で風呂に入ることになった。もう午後八時を過ぎていて、着替えもあるのに、今から帰ることはないだろうと、二人が泊まることになったからだ。

最初に風呂を使うのは佐久良だ。家主の権限《けんげん》だとでも言いたげに、二人は毎回、一番を佐久良に譲《ゆず》る。そして、当然のようにその準備をするのは若宮だった。

そうして、風呂から上がると、今度は濡《ぬ》れた髪を若宮がドライヤーを使って乾《かわ》かしていく。これも若宮がいるときは必ずされることだ。最初こそ拒《こば》んだが、今ではすっかり慣れてしまった。

「望月は何をしてるんだ？」

リビングに戻った佐久良は、カーテンを開け、窓から外を眺《なが》めている望月に問いかける。

「事故があった交差点がどのあたりなのか見てました」

望月が振り向いて答える。

「どうだろう」

佐久良は望月に近づき、外の景色に目をやった。

「ここだと無理だな。バルコニーに出れば見えるかもしれない」

事故現場の交差点はこの近くだ。高層階《こうそうかい》からではのぞき込まないと見えそうにない。だから、佐久良は窓を開けた。

窓の外には広めのバルコニーがある。横長の三畳《さんじょう》ほどのスペースに、ガーデン用のテーブルと椅子《いす》二脚《にきゃく》が置いてある。佐久良が設置したのではなく、何もないのは寂《さみ》しいからと引っ越し時に母と姉が揃《そろ》えたものだ。

佐久良は久しぶりにバルコニーへと足を踏み入れた。定期的に掃除《そうじ》の業者が入っているから、た。


ほとんど使わないバルコニーも綺麗《きれい》なままだ。

　真冬だからこその寒さはあるが、風呂上がりの火照《ほて》った体には、その冷たさが心地《ここち》いい。それに突き出したタイプのバルコニーではないから、左右に壁《かべ》があって、そこまでの寒さではなかった。

「ここに出るのは初めてですね」

　後に続いた望月が物珍しそうに周囲を見回している。

「俺でさえ、ほとんど出ないからな」

　仕事が忙《いそが》しいのもあるが、バルコニーに出てすることがないというのが一番の理由だ。せっかくのテーブルセットも全くの無駄《むだ》になっている。

「やっぱ寒い」

　大げさにそう言った若宮は、すぐにまた部屋に戻った。確かに暖《あたた》かい室内に比べれば寒いし、コートも着ていなければ、なおさらそう感じるだろう。

「コンセント、ありますよね？」

　すぐに戻ってきた若宮は、その手に温風ヒーターを持っていた。エアコンをつけるまでもないときに便利でリビングに置いていたものだ。

　若宮は自分でコンセントを見つけ、電源を入れた。

「そんなに寒いか？」

「パジャマの晃紀が湯冷《ゆざ》めするからね」

若宮はその言葉を証明《しょうめい》するように、佐久良に向けて温風を当てる。世話焼きの若宮らしいし、何より、本人が楽しそうにしている。

「このバルコニー、広いですね。俺なら充分住める」

「さすがに無理だろう」

若宮の言葉に佐久良は苦笑する。確かに、一般的なマンションのベランダに比べると広いだろうが、三畳では生活は難しい。

「いや、ここにテントを張れば、寝られます。ちょうどテーブルセットもあることだし、住もうかな」

いつまでも冗談を言っている若宮を放って、佐久良は柵《さく》まで近づいた。望月もその隣《となり》に並ぶ。二人して地上を見下ろすと、いつもとは違う風景が広がっている。目線が変わると違う場所のようだが、間違えることはない。佐久良は数時間前の事故現場を指さした。

「あの交差点だ」

「ああ、本当に通り道ですね」

「それを確認したかったのか？」

「晃紀さんの通勤路が変わってないかの確認です」

望月は当然のように答えるが、佐久良は意味がわからず首を傾《かし》げる。

「そんなことを確認してどうするんだ？」

「何かあったらすぐに駆けつけられます」

望月が真顔だから、佐久良は言葉が出ない。本庁《ほんちょう》からこのマンションまで電車と徒歩を合わせても三十分とかからない距離だ。しかも現職刑事である佐久良の何が心配なのか。

「結局、俺たちの目の届かないところにいるのが心配ってことです」

耳のすぐ近くで声がした。振り返るより早く、佐久良の体を背後から若宮が抱きしめる。

「ヒーターよりこっちのほうが暖かいでしょ？」

「こんなところでよせ。誰かに見られたら……」

「どこから？　向かいのマンションは遠いし、下から見上げたくらいじゃ見えませんって」

だから大丈夫だとばかりに、腰に回っていた手がパジャマの中に忍《しの》び込む。

「……っ……」

若宮の指が胸の尖《とが》りを掠《かす》め、佐久良は息を呑《の》む。

「冷たい？」

囁《ささや》く声に佐久良は頭を振る。冷たいわけではない。敏感《びんかん》になりすぎてしまった乳首は、ほんのささいな刺激にでも快感《かいかん》を拾う。

若宮は胸を弄《いじ》くりつつ、反対の手でボタンを外していく。今、佐久良の両手は自由で、抗《あらが》うことはできるはずなのに、胸への刺激で体の力が抜けてしまう。

ボタンが全て外され、素肌が外気に晒《さら》される。寒いはずなのに、既《すで》に体は熱を持ち始めていて、心地よささえ感じる。そんな佐久良をさらに熱くするために、望月が動いた。

「あっ……」

パジャマのズボンの中に手が差し込まれ、佐久良は上擦《うわず》った声を上げる。

中に入り込んだ手は下着の上から中心を揉《も》み始める。

「ダメ……だっ……こんな……」

佐久良は震える声で、必死に二人を止めようとする。いくら地上から遠くても、向かいのマンションが離れていても、開けた視界が外だと佐久良に認識させる。そのうえ、今、佐久良が手をついている柵も、光を取り入れられるようガラス製で、視界を遮るものではなかった。

「ガラスってのが落ち着かないのかな」

「だからこそ、余計に興奮《こうふん》してるはずなんですけど」

佐久良を置き去りに、二人が勝手なことを話している。

「そうですよね、晃紀さん」

望月はそう言うなり、佐久良のズボンを下着ごと引き下ろした。太腿《ふともも》の辺りに留《とど》まったそれは、佐久良の足の動きを封《ふう》じる。

「やめろ」

佐久良は慌《あわ》てて引き上げようとするが、その手を若宮に摑《つか》まれる。

「もう勃《た》ってるんだから、濡れないように脱いだほうがよくない？」

若宮が耳に唇《くちびる》を押しつけながら囁く。返事を必要としない問いかけだ。その間にも、望月はズボンと下着を佐久良の足から引き抜いていく。

ガラスの柵しかない場所で、下半身を剝《む》き出しにする恥ずかしさに、佐久良の体は熱くなっていく。冬の夜を感じさせないくらいに熱かった。

「でも、晃紀の嫌なことはしたくないから、こっちに移動しましょうか」

若宮がすっと佐久良を抱き上げ、その後ろにあった椅子に座らせた。

バルコニー内とはいえ、雨が吹き込むこともある。濡れてもいいような素材の椅子だから、座面にクッションがない。座り慣れない固い感触だが、それでも外に向けて立っているよりましだった。

ほっとしたのもつかの間だった。

「足は上げましょうか」

足下に座り込んだ望月が、佐久良の膝裏《ひざうら》に手を入れ持ち上げた。

「待っ……」

制止を求める声を途切《とぎ》れさせたのは、望月の摑んでいた足が若宮へと渡り、さらに高く持ち上げられたせいだ。そのために座面を尻が滑《すべ》り、股間を望月に突きつけるような体勢になってしまった。

「これは俺に咥《くわ》えてほしいってことなんでしょうか?」

「当然、そうだろ」

佐久良を挟《はさ》んでまた二人が勝手に決めつける。

違うと言いたかったが、佐久良の中心はやんわりと盛り上がりを見せ始めていて、否定の言葉など微塵《みじん》も説得力がないのはわかりきっていた。だから、佐久良はただ目を伏《ふ》せて、自らの淫《みだ》らな姿を見ないようにした。

「あ……はぁ……」

屹立《きつりつ》が温かく柔《やわ》らかいものに包まれ、佐久良は甘い息を吐いた。目を伏せていても、それが何かわかるようになってしまった。望月が口に含《ふく》んでいるのだ。

「はっ……あぁ……」

望月の頭が動くたび、佐久良が熱い息を吐き出す。

望月の愛撫《あいぶ》は巧《たく》みで、口中に吸い上げ、引き出すだけではなく、舌や歯を使って刺激してくる。そのどれもが佐久良を昂《たかぶ》らせ、屹立は完全に力を持って勃ち上がっていた。

「俺も触りたいなぁ」

背後で若宮の声がする。

「手を離すけど、ちゃんと自分で足を広げてててくださいね」

快感に流されていた佐久良に、理性を取り戻させる言葉が聞こえてきた。佐久良は首を回して、若宮を振り返る。

「無理?」

問いかけに無言で頷《うなず》く。

「大丈夫。晃紀さんならできるって」

だから頑張ってとばかりに、若宮が佐久良の頬《ほお》に音を立ててキスをした。

若宮の手が佐久良の足から離れる。

依然《いぜん》として屹立は望月の愛撫を受け続け、これ以上ないくらいに張り詰めている。体はもっと刺激を欲しがっている。

もう止められない。止めて欲しくない。だから、若宮の手がなくなっても、佐久良は自ら足を抱えた。

「よくできました」

若宮は嬉《うれ》しそうに笑って、今度は唇にキスを落とす。

パジャマが大きく左右にはだけられる。これで佐久良はほとんど裸《はだか》の状態だ。腕が隠《かく》れているだけでは羞恥《しゅうち》はなくならない。

「んっ……」

胸の尖《とが》りを舐《な》められ、佐久良は体を震わせる。きっと望月に含まれている屹立も震えたはずだ。

不意に望月が顔を離した。もう限界に近かったのにと、佐久良は望月を見つめる。

「晃紀さんはこれだけでイきたくないですよね?」

ニヤッと笑った望月が、屹立のさらに奥へと顔を近づける。

「ひっ……あぁ……」

後孔に舌を這《は》わされ、悲鳴に似た声を上げてしまう。

「それ……やめ……」

おかしなところから沸《わ》き起こってくる、言いようのない感覚に佐久良は狼狽《うろた》える。

「やっぱりそっちのほうが反応いいな。俺がやりたかった」

若宮が残念そうに呟《つぶや》く。

望月は舌で舐めるだけでなく、指先も後孔へと伸ばしてきた。そして、解《ほぐ》すように後孔の周りを撫《な》でていく。

「う……くぅ……」

佐久良の中に、何かが押し入ってくる。滑《ぬめ》った感触とともに佐久良を犯《おか》すのは、きっと望月の指なのだろう。佐久良を乱す舌が遠のいても、まだ快感の波が引くことはなかった。中にある指がゆっくりと回される。指を締め付けている肉壁が、そんなことにまで快感を拾ってしまい、佐久良の体温を上げていく。

「いいなぁ。俺も指入れたい」

「今日は俺が先ですよ」

「だから、入れるのはお前が先でも、解す順番までは決めてないだろ」

佐久良の知らないうちに、二人の間での順番を決めていたようだ。仲が悪いからこそ、余計に揉めないようにということなのだろうか。

若宮は望月の了解など必要ないと、佐久良の足下へと移動する。

確かめるのは怖いが、知らないでいるのはもっと怖い。佐久良は恐る恐る若宮が向かった先へと目を向ける。

「あ……」

そして、あまりの光景にすぐに目を伏せた。自ら大きく開いた足の間に若宮と望月がいて、ありえない場所を覗《のぞ》き込んでいた。

「ああっ……」

若宮が指を突き入れてきた。望月の指はまだ中にある。二本の指がそれぞれ違う意思を持って動くせいで、動きが予測できない。だから、いつも以上に乱され、佐久良は完全に理性を失った。ただ快感に流されるだけだ。足を持つ手にも力が入らなくなったが、代わりに若宮と望月が片方ずつ足を持ち上げた。

「やっ……もう……」

屹立はだらだらと先走りを零《こぼ》し続け、解放を待ち望んでいる。佐久良はもう限界だと言葉を途切れさせながらも訴《うった》える。

「なら、もう入れてもいいですか?」

「いい……いいからっ……」

なんでもいい。早く楽になりたいと、佐久良は望月の言葉に必死で頷いた。

中にはまだ指は二本しか入っていなかったが、二人が押し広げるように指を動かしていたから、大丈夫だと望月も判断したのだろう。

指が全て引き抜かれた。体は刺激に慣らされすぎていて、物足りなさに佐久良は腰を揺らめかす。

望月が屹立を佐久良の後孔に押し当てた。

けれど、すぐに来ると思った衝撃《しょうげき》が訪れない。佐久良はどうしたのかと、潤《うる》んだ瞳で望月を見つめた。

「欲しいですか？」

笑みを浮かべた望月が佐久良を見つめ返す。

望月が何を求めているのか。佐久良にはこれまでの経験でわかっている。佐久良がはっきりと言葉にすることだ。佐久良が羞恥を感じながらも、淫らな願いを口にする様を楽しんでいるのだ。

それがわかっていても、快感に支配された佐久良に抗《あらが》う術《すべ》はない。

「欲しい。望月のが……。早くっ……うぅ……」

最後まで言い終えることはできなかった。待ちきれなかったのは佐久良だけではない。望月も佐久良を焦《じ》らすだけの余裕などなかったのだ。望月は佐久良の足を抱え、屹立を突き立てたまま、自分の元へと佐久良を引き寄せた。

押し込まれた屹立の大きさに、佐久良は顔を顰《しか》める。痛みはない。ただとてつもない圧迫感《あっぱくかん》が佐久良を苛《さいな》んだ。

けれど、それはすぐに快感へと変わる。屹立が押し広げるようにして中に進めば、擦《こす》られた肉壁が快感を拾う。

「ああっ……」

ついに前立腺《ぜんりつせん》まで擦りあげられ、佐久良は嬌声《きょうせい》を上げる。

望月に引き寄せられたせいで、椅子の座面には腰ではなく背中が当たっている。その背中が望月が腰を使うたびに揺すられ、安定を求めて咄嗟《とっさ》に左右のアームレストをそれぞれの手で摑んで堪《こら》えた。

「この体勢、晃紀の背中が痛そうなんだけど」

若宮の声が頭上で聞こえる。それに望月がすぐさま反応した。

「わかってるなら、なんとかしてください」

普段と違い余裕のない望月に、若宮がフンと馬鹿にしたように鼻を鳴らす。

「晃紀、ごめんね。嫌《いや》だろうけど、ちょっとだけこいつにしがみついてて」

若宮はそう言うと、佐久良の背中の下に手を回し、そっと上体を起こさせる。その間は望月も動きを止めていたのだが、佐久良が動いたことで中の角度が変わった。

「あ……ぅんっ……」

佐久良の口から再び嬌声が漏《も》れる。最初にあった圧迫感などもうどこにもなかった。

佐久良がいた椅子に若宮が座ってから、佐久良の背中を元に戻す。今度は椅子の座面ではなく、若宮の膝が背中に当たった。

佐久良の体が安定したのを見て、望月がまた腰を使い始める。先走りで濡れて光る屹立も、その動きに応じて揺れていた。それでも直接触れてもらえないことで、射精《しゃせい》に至らない。昂《たか》まりすぎた熱を放出できずに、感じすぎて苦しくなる。

「はっ……あぁ……」

佐久良は我慢できずに、自らの手を中心に伸ばした。

ようやく与えられた刺激に、佐久良は夢中になる。恥ずかしいとか、浅ましいとか、そんなことは考えられなかった。

前は自分で、後ろは望月に突き上げられ、さらには若宮が胸まで弄《もてあそ》び始めた。これで我慢などできるはずもない。

「も……イクっ……」

佐久良はその声とともに、自らの手を濡らした。望月のタイミングなど見計らう余裕などなかった。

「もう少し、付き合ってもらいますよ」

まだ佐久良の中で固さを保ったままだった望月は、その言葉の後、さらに激しく腰を打ち付けてきた。

また快感が押し寄せてくる。それでも、昂ぶりを取り戻す前に、佐久良の中が熱くなった。望月が引き抜くことなく、射精したせいだ。

佐久良が肩で息をして、呼吸を整えている間も、望月はまだ動こうとしない。それに焦れたのか、若宮が佐久良の脇《わき》の下に手を回し、ぐっと体を引き上げた。佐久良の頭がちょうど若宮の胸に当たる。

ずるりと中から抜け出す感覚を、佐久良は息を呑んで堪える。

「終わったのに、いつまでも居座ってんじゃねえよ」

「余韻《よいん》のない人ですね」

「余韻よりも俺の欲望が優先だろ」

二人で話すときは、佐久良に対するのに比べて、若宮の口調は随分《ずいぶん》と荒《あら》く、望月の声は一際《ひときわ》低い。そんな二人のやりとりを、佐久良は若宮に抱えられたままぼんやりと聞いていた。

「晃紀、もうちょっと上がりましょうか」

若宮のその言葉の後、佐久良の体がさらに引き上げられる。望月も佐久良の腰を摑み、若宮を手伝う。

何故《なぜ》、二人がかりなのか。その理由はすぐにわかった。

「ああっ……」

佐久良の体内に再び熱く固い昂りが押し入ってきた。

望月ではないのは、目の前にいるから明らかだ。そうなると若宮しかいない。ずっと密着していたのに、いつの間にこの状態になっていたのか、全く気づかなかった。いや、気づく余裕がなかった。

椅子に座った若宮の上に座るようにして、屹立を突き入れられている状態《じょうたい》だ。そして、体がふらつかないよう、若宮が両手で佐久良の腰を摑んでいた。

「やっぱ、晃紀の中、最高ですよ」

佐久良の耳元で、若宮がうっとりしたように囁く。

「晃紀は？　俺のはどう？　いい？」

「いい……、いいから早く……」

「早く？」

「動いてくれ……」

佐久良は羞恥で顔を伏せたものの、欲求を素直に打ち明けた。

中を穿《うが》たれ、喪失感《そうしつかん》を覚えていた奥は満たされたけれど、それだけでは満足できない体になっていた。

「了解です」

佐久良の返事が気に入ったのか、若宮の声は弾《はず》んでいた。

腰を持つ若宮の手に力が入る。その直後、佐久良の体が持ち上がる。

「はっ……ああっ……」

肉壁を擦られる感触に体が震える。達したばかりの中心は触れられることなく、また勢いを取り戻す。

若宮が佐久良を持ち上げ引き落とす動きを繰り返し、佐久良は嬌声を上げ続ける。完全に若宮に夢中になっていた。

「晃紀さん、俺もいるんですよ？」

望月が顔を近づけてきて、目の前で問いかけてくる。

忘れていたわけではない。ただ若宮のことしか考えられなかっただけだ。だが、どう言ったところで、望月の機嫌《きげん》は直らないだろう。いや、これは佐久良を虐《いじ》めるための口実でしかないのかもしれない。

「こうすれば、俺のことも見てもらえますか？」

望月の両手が佐久良の胸元に伸びてきた。そして、望月は佐久良の胸の尖りをそれぞれの手で同時に摘《つ》まみ上げた。

「やっ……」

新たな刺激が佐久良を襲《おそ》う。胸から沸き上がる快感を逃そうにも、若宮の動きは止まっていない。増幅する快感に佐久良の屹立は先走りを零《こぼ》し始める。

「後ろだけでイかせられますか?」

望月が若宮を挑発《ちょうはつ》するように問いかける。

「当たり前だろ。誰に言ってるんだ」

「なら、そうしましょう」

望月はさっと佐久良の両手を掴んだ。右手と左手という組み合わせで、それぞれをがっちりと握る。

「これでもう自分で扱《しご》けませんからね」

「じゃ、頑張ろう」

まるでスポーツでもするかのような爽《さわ》やかな口調だが、その行動は激しかった。佐久良の体を上下させる若宮の動きは格段に速くなった。

「やっ……ああ……っ……」

ひっきりなしに溢れ出る嬌声が、佐久良の快感を訴えている。これ以上はもう無理だと訴えたくても、声は言葉にならない。

「あっ……くぅ……」

勢いよく体を落とされ、その衝撃が佐久良を解放へと誘《いざな》った。宣言どおり、屹立には触れられることなく、佐久良は達した。

「俺もそろそろ……」

若宮の熱い声が耳をくすぐる。力の入らなくなった佐久良の体を持ち上げ、若宮は自分のためだけの動きを数度繰《く》り返《かえ》した。

佐久良の中がまた熱くなる。若宮もまた佐久良の中で達したということだ。

さっき望月に文句を言った後だからか、若宮はすぐに佐久良を持ち上げ、萎《な》えた自身を引き抜いた。

塞《ふさ》ぐものがなければ、中のものが溢れ出てくる。佐久良の中に放たれた二人分の精液が、佐久良の足の間を濡らす。

「うわ、ドロドロだ」

若宮が呆《あき》れたような声で言って、抱え直した佐久良の体をまじまじと見つめる。

「お風呂に入り直さないとですね」

若宮は佐久良を抱えたまま、椅子から立ち上がる。そして、そのまま室内へと歩き始める。

「こんなところでするからだ」

抵抗する体力など残っていない。佐久良はされるがままで、かすれた声で不満をぶつける。

「それは仕方ないかな」

若宮は全く反省したふうもなく、ニッと笑う。

「そうですね。今日はいつも以上に興奮してもらわないといけませんでしたから」

一緒に室内に戻ってきた望月が、後ろから若宮に同調する。

「どうしてだ？」

「今日一日、会えてなかったですからね。それを埋《う》めるとなると、相当激しくなるのは目に見えてました」

「俺たちが一方的に抱くんじゃなくて、ちゃんと晃紀にも感じてもらわないとね。恥ずかしいの興奮するでしょ？」

二人の勝手な言い分に反論したくても、既に結果が出ている状態では何も言えない。だから、佐久良は赤くなる顔を伏せるしかなかった。

2

「この間は助かった」

佐久良が本庁に戻ってくるのを待ちかねたように、本条が声をかけてきた。

「うちの班員は役に立ちましたか?」

「ああ。若いのはフットワークが軽くていい」

本条が言っているのは、先日、本条たちの捜査に若宮と望月を応援に出した時のことだ。数日経《た》っているのに、今こんなふうに声をかけられたのは、それきり会っていなかったからだ。本条たちの応援《おうえん》に出した翌日、今度は佐久良班が事件を担当することになり、すれ違いになっていた。

「もう落ち着いたんですか?」

佐久良の質問に、本条は苦笑いで頷いた。

「なんとかな」

容疑者《ようぎしゃ》の検察庁《けんさつちょう》への送致《そうち》が済んだとは聞いていたが、それにしては、本条の表情は優《すぐ》れない。その理由を聞いていいものか、佐久良が迷《まよ》っていると、

「本条さん、ここにいたんですか」

本条の相棒《あいぼう》である吉見潤《よしみじゅん》が笑顔で近づいてくる。

吉見は望月と同年代のはずだが、受ける印象はまるで違う。ほぼ表情を崩《くず》さない望月に対して、吉見は喜怒哀楽《きどあいらく》がはっきりとしていて表情が豊かだ。そのせいで、吉見は随分と幼く見える。こ

うしてスーツを着ていなければ、大学生でも充分に通じるだろう。

「そっちは終わったのか？」

「バッチリです」

吉見は得意げに笑って答える。

本来、本条と吉見はコンビだから、一緒に捜査をしているはずだ。わざわざ別行動する何かがあったのかと、佐久良が疑問を感じたのが表情に出ていたのだろう。

「高校生を相手にするには、俺より年の近い吉見のほうが適任だから、任せたんだ」

「任されました」

本条の説明を受け、吉見が得意そうに胸を張る。

未《いま》だ半人前扱《あつか》いされることの多い吉見だから、本条に任されたということが嬉しいようだ。

「高校生というと、被害者《ひがいしゃ》がそうでしたよね？」

「その友人たちにいろいろ話を聞いたから、犯人《はんにん》を捕まえたってことを知らせに行かせてたんだ」

「わざわざですか？」

佐久良は意外さを隠せなかった。被害者遺族《いぞく》ならわかるが、その友人となると、疑問が残る。

「事件が事件だからな」

答える本条の顔がまた曇《くも》る。

本条たちが捜査を担当していたのは、自殺願望のある男子高校生が、自殺を手伝ってやると近づいてきた男に殺された事件だ。自殺幇助《じさつほうじょ》か殺人か。本条たちは殺人だと断定して、送検《そうけん》したと聞いている。

「仲のよかった子たちでも、誰も彼が自殺するなんて思ってなかったんです。だから、皆、すごくショック受けてて……」

「そのフォローを?」

そうだと吉見が頷く。実際、佐久良は吉見の実力を知らない。一緒に捜査をしたことが一度もなく、知っているのは周りがする評価《ひょうか》だけだ。それを聞く限りでは、吉見に他人のフォローが向いているとは思えないのだが、本条が任せたのだから、大丈夫なのだろう。

「自殺じゃなくて殺人だったと言われたところで、ショックなことには変わりない」

「殺人だと断定した理由はなんだったんですか?」

「俺の勘《かん》」

冗談だと思った。けれど、本条はその続きを口にしない。

「本気で言ってます?」

「ホントですよ。ずっと言ってましたから」

本条ではなく、吉見が答えた。

「刑事の勘ですよね。かっこいい」

「結果が結びつかないと、かっこよくならないってことは覚えとけよ」

本条が笑いながら、吉見に釘《くぎ》を刺《さ》す。

「実際は勘じゃなくて、俺の信条《しんじょう》だ」

「信条、ですか？」

「本気で死にたい奴は、どうやったって死ぬんだよ。人の手なんか借りなくてもな」

本条の口調はかなり厳《きび》しい。そして、その表情は真剣《しんけん》で、空気を読まないことで有名な吉見でさえ、口を挟めないでいる。

「それでも、踏ん切りがつかず、迷ってて、誰かに背中を押してもらいたい気持ちはわからなくはない。だが、赤の他人がそれを手伝うってのは、ただの殺人だ。人を殺したいだけの殺人鬼《さつじんき》だよ」

本条が憤《いきどお》りを感じているのが、その声からはっきりと伝わってくる。過去に何があったのかはわからないが、本条なら義憤《ぎふん》に駆られて間違った捜査をすることはないはずだ。むしろ、その義憤に駆られたことが力となって、自殺ではなく殺人だという証拠《しょうこ》を見つけ出したのかもしれない。

それに、佐久良もその気持ちはよくわかる。高校時代、佐久良の同級生が自殺した。犯罪《はんざい》に巻き込まれ、彼は死を選んだ。特別親しかったわけではないが、身内以外の初めての身近な死は佐久良に衝撃を与えた。刑事になろうと思ったのは、このときが初めてだった。その後、気持ちがほかに変わることがなかったから、佐久良の今がある。

「あ、班長」

佐久良の思考を遮るように、弾《はず》んだ声が聞こえてきた。

「先に帰ってるなんてずるいですよ」

若宮がおかしなことを言いながら、早足で佐久良の元に近づいてくる。その後ろには望月もいる。二人もまた捜査に出かけていた。

「何がずるいだ。終わったら帰ってくるように言っておいただろう。俺は先に終わっただけだ」

佐久良が突き放すように答える。

「どうやらそっちも片付いたようだな」

本条が佐久良たちの様子を見ながら言った。切羽詰《せっぱつ》まった感がないからわかったのだろう。

「おかげさまで、容疑者の身柄《みがら》を確保しました」

「スピード解決だな」

本条の褒《ほ》め言葉が純粋《じゅんすい》に嬉しい。佐久良は照れくささを隠すように、若宮と望月、それに室内にいたほかの班員に視線を向ける。

「皆が頑張ってくれたおかげです」

その言葉に嘘《うそ》はない。確かに今回、佐久良たちが担当していた強盗殺人事件《ごうとうさつじんじけん》は、犯人につながる物証《ぶっしょう》が多かった。それでも、刑事たちの頑張りがなければ、容疑者を突き止めることも、その身柄を確保することもできなかっただろう。

そんな話をしているうちに、他の佐久良班の刑事たちが全員、捜査一課に戻ってきた。佐久良は本条たちから離れ、報告会を始めることにした。


明日からは裏付け捜査をすることとして、佐久良は解散を言い渡した。それぞれが帰宅していく中、若宮と佐久良は当然、残っている。

「俺たちだけで、こっそり打ち上げしましょうよ」

佐久良のそばに立った若宮が、顔を近づけ小声で言ってくる。

「まだ完全に捜査が終わったわけじゃないんだぞ」

「だから、こっそりです」

反対側に立った望月まで、若宮の提案に乗ってくる。この様子だと、一課に戻ってくる前に二人で相談していたのかもしれない。

「こっそりと言われてもな」

「班長の家で呑みましょう。それなら、誰にも気づかれず、こっそりできるから。もちろん、おつまみは俺が作るし」

どうしても、打ち上げがしたいのだと若宮が粘《ねば》る。

佐久良の家でと言われれば、佐久良の心も揺れる。二人と付き合っていても、外では恋人の振る舞いはできない。甘え上手の若宮に呆れながら、佐久良は渋々《しぶしぶ》といったふうに、二人の提案に頷いた。

「仕方ないな」

「そう。仕方ないんですよ」

「班員の士気《しき》を上げるのは、班長の役目ですからね」

きっと二人も佐久良の気持ちには気づいているのだろう。人前で素直になれない佐久良に合わせてくれている。その気遣いが嬉しかった。

三人で一緒に本庁を出た。こうして、三人で帰るのは久しぶりだ。事件が起きて、捜査が始まれば、なかなかゆっくりする時間がないからだ。

地下鉄に乗って、佐久良の自宅の最寄り駅で降りる。先に食材を買ってから、マンションに向かって歩き出す。

「そこの交差点でしたよね、事故を目撃したのって」

若宮に言われて視線を先に向けると、交差点よりもそこに立つ少年が目に入った。

若宮が事故と言ったことで、すぐに気づいた。あの事故の被害者の少年だ。

少年のほうもまた、近づいて来る佐久良に気づき頭を下げる。

「班長？」

望月も少年の様子に気づき、呼びかけてきた。

「ちょっと待ってくれ」

佐久良たちの歩くスピードが速いから、説明するよりも少年の元に辿《たど》り着くほうが早いだろうと、佐久良は二人に断りを入れる。

案《あん》の定《じょう》、少年の前に立つのはすぐだった。

「昨日はありがとうございました」

佐久良が声をかけるより早く、少年がそう言って頭を下げた。

「お礼なら昨日も言ってもらったよ」

律儀《りちぎ》な少年に佐久良の口元が緩《ゆる》む。

「あの後、話し合いになって、スマホの修理代《しゅうりだい》を出してもらえることになったんです。佐久良さんがいてくれたからなので、そのお礼を言いたくて……」

この口ぶりでは、おそらく示談《じだん》でうまく話がついたのだろう。事故のその後は聞いていなかったが、問題なく解決したのならよかった。

「ところで、俺の名前はどうして？」

名乗った覚えがないから、佐久良は疑問に感じる。

「昨日のおまわりさんと話していたのが聞こえてました」

「ああ、そうだったな」

佐久良もそのときのことを思い出し納得する。

ふと見ると、少年の鼻が赤くなっている。コートも着ているし、マフラーと手袋もつけているが、寒い中に長時間いればこんなふうになるのもわかる。この少年は佐久良に礼を言うためだけに、この寒い中、交差点で待っていたのか。だとしたら、すぐ家に帰してやるべきだ。

「あの事故は君に非はなかったが、自動車や自転車は歩行者に気づきにくいものだ。これからは周囲には充分に用心するようにね」

別れの挨拶《あいさつ》の代わりに忠告《ちゅうこく》をして、佐久良は二人を連れて、その場を立ち去った。

「今のが事故の被害者なんですね」

交差点を離れてから、望月が確認するように言った。

「ああ、そうだ」

「男子高校生とは聞いてませんでした」

望月の声には、どこか責めるような響《ひび》きがあった。

「それは必要か？」

「超必要」

若宮が即答《そくとう》する。

「班長に関わる男は全部チェックしておきたいんです」

何故か、若宮は胸を張って答え、望月まで頷いている。

付き合ってられないと、佐久良は歩く足を速める。そうすると、マンションまではすぐだ。

佐久良の部屋に着き、ドアを閉めれば、完全に人の目がなくなり、三人だけになる。その瞬間、上司と部下ではなく、恋人同士に変わる。

「さて、言い訳を聞きましょうか」

コートを脱ぎ、ソファに腰を落ち着けたところで、望月が詰《つ》め寄ってくる。

「言い訳って、何のだ？」

「また男を誑《たら》し込みましたね」

「誑すって……」

全く身に覚えがなく、佐久良は首を傾《かし》げる。

「さっきの高校生のこと」

若宮が話に入ってくる。若宮も同じことを考えていたのだろう。何の説明もなかったのに、話が通じている。

「お前たちも見てただろう？　少し話をしただけだ」

「あっちはそうじゃなかったと思いますよ」

「事故のとき、何かしたんじゃないですか？」

二人が揃って疑いの目を向けてくる。

「何かって、ただ事故の現場を収めただけだ」

「いや、絶対に何かしてる」

「そうでなければ、あんなにうっとりした目で見つめますか？」

そう言われて思い返しても、佐久良にはそんなふうには見えなかった。そこまで細かいところまで気にしていなかったからだ。

「二人の考えすぎだろう。それにまだ高校生だ」

「晃紀さん、男の視線には鈍感《どんかん》ですよね」

望月は完全に呆れ顔だ。気づかない佐久良が悪いと言いたげにしている。

「その点、俺たちはライバルには敏感だから」

対して、若宮は得意げだ。佐久良に関することなら、どんなことでも気づくことができるとでも言いたいのだろうか。

「その真偽《しんぎ》はともかく、もう会うことはないんだから、気にする必要はないと思うが……」

佐久良は後ろ足で下がりながら、二人に対抗《たいこう》する。二人が徐々に近づいてくるから、そうするしかないのだが、ついに足がソファに当たるところまで追い詰められた。

「また明日もあそこにいたら?」

至近距離まで迫《せま》った若宮が、佐久良の顔を覗き込んで尋ねる。

「今日のあれは偶然《ぐうぜん》じゃないと?」

若宮の圧に負けず、佐久良は問いかける。

本当は佐久良もわかっていた。彼のあの凍《こご》えた様子から、長い時間、外にいたことが。そして、それが佐久良を待つためだったと。だが、知らない振りをしているのは、二人には偶然だと思われていたほうがいいからだ。

「偶然なわけないじゃないですか」

「事故のとき、仕事帰りに通りかかったんだと予想して、あの交差点を通りそうな時間に待ってたんだろうね」

若宮が見てきたように解説する。

「何もしてなくてもかっこいいのに、困ってるところを助けられたりしたら、そりゃ、惚《ほ》れちゃうよ」

「そろそろ、そういう無自覚に人を誑し込む悪い癖《くせ》は直してもらわないと」

望月まで一歩足を詰めてくる。今、佐久良の目の前に二人が並んで立っている状態だ。しかも背後はソファで前にも後ろにも進めない。

「だから、お仕置き」

ニッと笑った若宮が、トンと軽く佐久良の肩を押した。佐久良はそのまま後ろのソファへと倒れるように腰を下ろす。

「う、打ち上げをするんじゃなかったのか？」

このままでは酷《ひど》い目に遭《あ》うことが目に見えている。佐久良はどうにか危機から逃《のが》れる術を考え、話を逸《そ》らそうとした。

「打ち上げはしますよ。でも、後でいいです」

「順番的にはこっちが先で正解。こっちの空腹のほうが切羽詰まってる」

若宮の熱い目が佐久良を捉《とら》える。もう逃れられない。

若宮が身を屈《かが》め、座っている佐久良に顔を近づけてくる。

口づけはしっとりと始まった。ただ唇を重ねるだけの触れ合いから、深く舌を絡《から》め合う激しいものに変わるのに時間はかからなかった。

佐久良は自ら若宮の背中に手を回す。若宮とのキスは気持ちいい。ただ佐久良を気持ちよくさせたいという思いが伝わってくる。

不意に体の中心に刺激を感じ、佐久良は反射的に若宮の体を引き寄せる。それが予想外だったのか、若宮はバランスを崩《くず》し、佐久良にもたれかかるように倒れ、かろうじてソファの背もたれに手をついた。そのせいで唇は離れ、唐突《とうとつ》にキスが終わる。

「何するんだよ」

若宮の苦情は望月に向けられた。佐久良が力を込めたせいなのに、その原因は望月に違いないと若宮は決めつけていた。

「俺だけ仲間外れになるのは嫌ですからね」

だから、望月は佐久良の中心を撫でたのだ。

若宮とのキスに夢中になっている間に、股間《こかん》は曝《さら》け出され、直接、自身に触れられれば、反応するのも無理はない。

「ちょっとぐらい待てないのかよ」

「反対の立場なら待たないくせに、何を言ってるんですか」

二人が言い争いを始める。その隙《すき》に乱された衣服を元に戻そうとしたのが、望月が目ざとくそれに気づいた。

「直さなくてもいいですよ。すぐに脱がせますから」

それはこのままここで始めるという宣言《せんげん》でしかない。佐久良は顔が熱くなるのを感じながらも、首を横に振った。

「いや、先に汗だけ流させてくれ」

佐久良は上気した顔のまま、二人に訴えた。いつもの流れなら、このまま始まってしまう。いくら汗をかいていなかったとしても、一日過ごした後の肌を舐められたりするのは、ただ恥ずかしいのではなく、生理的に受け付けられない。

「俺たちは気にしませんよ」

「むしろ、そのままのほうがいいくらい」

「俺が嫌なんだ」

佐久良は顔を顰める。快感に流されてしまうと、もう何も言えなくなるから、伝えたいことは今のうちにはっきりと言わなければならない。

そんな佐久良の気持ちが伝わったのか、若宮がふっと笑った。

「じゃ、お湯入れてきます」

佐久良にそう言い置いて、若宮はリビングから出て行った。

「相変わらず、晃紀さんには甘いですね」

若宮の後ろ姿を見送り、望月が呆れたように言った。

とりあえず難は逃れたと佐久良は大きく息を吐く。そんな佐久良を望月がじっと見つめている。

「なんだ？」

「どっちにしろ、服は脱いでおいたほうがいいですね」

「風呂で脱げばいいだろう」

「スーツは洗濯機に入れませんよね？　ここで脱げば、片付ける若宮さんも楽だと思いますよ」

若宮がいないときにその名前を出すのを嫌がるくせに、こんなときだけは効果的に使ってくる。

若宮に身の回りの世話をされるのはいつものことだし、若宮本人も喜んでいるのだが、だからといって、その手間を増やしたいわけではない。

「スーツだけなら……」

いだろう。

佐久良はどうにか妥協点《だきょうてん》を見つけ、ジャケットを脱ぐ。これで、若宮の手間を増やすことはな

「スーツはジャケットだけですか？」

口元に笑みを浮かべた望月がそう指摘《してき》する。そして、視線を下へとずらした。ソファに座っている佐久良のスラックスは、望月によってベルトはおろか、ファスナーさえ開けられたままだ。

望月の言うとおりだ。スーツだけと言ったのは佐久良なのだから、スラックスも脱ぐしかない。

佐久良は立ち上がり、スラックスを下ろした。足から抜くと、すぐに望月がそれを受け取る。

「ネクタイは俺が外しましょう」

「もうこれでいいだろう」

望月はすっと佐久良の首からネクタイを抜き取る。

佐久良は望月から視線を逸らす。全裸など何度も見られているというのに、シャツだけで素足を晒《さら》す格好が恥ずかしかった。

「晃紀さん、シャツもクリーニングでしたよね？　なら、ここで脱いでおきましょう」

「いや、それは……」

「恥ずかしいですか？」

わかりきったことを聞く望月に、佐久良は無言で頷く。

「もう知らないところはないくらいに見てますけど、それでもですか？」

「それでもだ。こんな明るいところで俺だけなんて……」

「なら、俺も脱ぎます。だから、先に脱いでください」

望月は手を伸ばし、佐久良のシャツのボタンを外しにかかる。佐久良が身を捩《よじ》って、それを拒《こば》むと、

「ああ、そうか」

望月が何かに気づいたように呟く。

「もう勃ってるのを知られるのが恥ずかしいってことですか」

「違っ……」

強く否定できなかったのは、望月の視線が中心を捉えていたからだ。シャツのおかげで、大事な場所は隠れている。けれど、そのシャツが盛り上がっているのは隠せていなかった。

「早く脱がないと、下着だけじゃなくてシャツまで染みができますよ」

望月がからかうような笑みを浮かべる。

染みのできたシャツなど、そのままクリーニングに出せない。先に水洗いしようとすれば、若宮はきっと自分がすると言い出すだろう。また手間を増やすことになる。

佐久良はぐっと息を呑み、思い切ってシャツのボタンを外していく。脱ぎ捨てたシャツもすぐに望月が拾い上げた。

これで身につけているのは下着と靴下《くつした》だけだ。しかも、キスだけで熱くなっていたところに、望月がさんざん言葉で辱《はずか》しめたせいで、下着の中ははっきりと形を変えている。それが恥ずかしくて、佐久良は下着の上から股間を押さえた。

「俺が準備してる間に何やってんだよ」

苛立《いらだ》ったような若宮の声がする。

下着だけの姿を若宮にも見られた。佐久良の体が一瞬で赤く染まる。ここがリビングだということも、二人が全くの乱れのない姿でいることも、佐久良の羞恥を煽《あお》る。

「風呂の準備だ」

佐久良は短くそう答えると、急ぎ足でバスルームへ向かった。

「まだお湯が溜まってないよ」

そばを通り過ぎるとき、若宮がそう声をかけてきたが、佐久良はかまわず足を進めた。とにかく、この姿でいても問題ない場所にいたかった。

バスルームの隣にある洗面室で残っていた下着と靴下を脱ぎ捨てる。そして、そのままバスルームへと逃げ込んだ。

「ほら、まだ半分も溜まってないでしょ」

追いかけてきた若宮が、洗面室から浴槽《よくそう》を見て指摘する。

「先に体を洗っておくから問題ない」

佐久良はそう答えて、シャワーの栓《せん》をひねった。

佐久良は一人で風呂に入るつもりだった。その間は心構えをするための時間だと、自分では思っていた。だが、二人がそれを許してくれない。

「じゃ、俺が洗ってあげる」

楽しそうな声の若宮が、いつの間にか早業《はやわざ》で全裸になり、バスルームに入ってきた。

「もちろん、俺も手伝います」

若宮一人にはさせないと、望月まで入ってくる。

決して狭くはないけれど、男が三人で入るには適した広さではないから、逃げ場がないどころか、手を伸ばすまでもなく人肌が当たる。

「んっ……」

どちらかの手が佐久良の肌を這う。既にボディーシャンプーを手につけていたようで、滑った感触があった。

四本の手が佐久良の体を這い回る。洗っているだけとは思えない手の動きが、首筋を腹を腰を撫で上げる。当然のように敏感な胸にも、その手は訪れた。

「あっ……はぁ……」

胸の尖りを滑った指が押しつけるように擦り上げる。決して激しくはないものの、じんわりとした快感が全身に広がっていく。

いつの間にか、佐久良は洗い場の中央にいて、その前後を前に若宮、後ろに望月で挟まれている。

「胸だけでもイけそうだけど、こっちも触ってほしいよね?」

若宮の手が佐久良の股間に伸びた。

「洗……うんじゃ……なかったのか……」

体を撫で回す手が止まらないから、佐久良の抗議の声も途切れ途切れになってしまう。

「洗ってますよ。でも、触らないと洗えないから」

若宮は終始楽しそうだ。洗うという名目で佐久良を触っているだけで楽しいらしい。

「ここは特に念入りに洗わないとね」

「あ……んっ……」

既に形を変えていた屹立を軽く扱かれ、甘い息が漏れる。

若宮は胸を弄くる手を止めず、屹立も扱いていく。それだけでも、佐久良は立っているのが辛《つら》くなるほど感じているのに、まだ望月がいた。

「それじゃ、俺はこっちですね」

「やめっ……」

後孔を何かで突かれ、佐久良は思わず、前にいる若宮にしがみついた。自力で立つのはもう限界だった。

「若宮さんに縋《すが》るなんて、どういうつもりですか」

望月のその言葉の後、佐久良の中に細くて固い何かが押し込められる。おそらく指だろうことは見ていなくても、経験でわかった。

「く……うぅ……」

痛みはないが中の異物感に佐久良は顔を顰め、ますます若宮にしがみつく。

「いいよ。俺にならいくらでも頼ってくれて」

若宮はご機嫌《きげん》な様子で、佐久良の屹立から手を離す。そして、両手で縋り付く佐久良を抱き締めた。

「なるほど。それが晃紀さんの答えですか」

違うと言いたいが、中の指が蠢《うごめ》いていて、佐久良から言葉を出すことを封じている。きっと望月はわざとそうしているのだろう。佐久良の返事など関係なく、佐久良を虐めて愉《たの》しむためにだ。

「……っ……」

すぐに指が増やされ、佐久良は息を呑み、若宮に回している腕に力を込めた。

二本の指が佐久良の中を掻《か》き回す。中を解すためだけでなく、佐久良を昂らせるために動く指は、確実に佐久良を追い詰めていた。

「俺も触りたいけど、そうしたら、すぐにイッちゃいそうだからなぁ」

残念そうに呟く若宮の声が耳をくすぐり、それすら刺激となって、佐久良は震える。

「イかせてもいいですけど、俺はやめませんよ」

「それじゃ、俺の番が回ってこないだろうが」

二人がまた言い争いを始めた。その間も望月は手を止めることはない。しかも、さらに指を増やしている。

「とっとと終わって、俺に代われ」

「急ぐと、辛いのは晃紀さんですけど？」

「それはお前が下手だから」

いるのだ。

二人が言い争いを続けると、それだけ佐久良の快感が長引く。ずっと望月に中を弄られ続けて
「ま……まだ……?」

佐久良は若宮の肩に顔を埋《うず》めたままで、どちらにともなく問いかける。

「ほら、お前がさっさとしないから、晃紀が我慢できないって」

「わかりました。ちょっと苦しいかもしれませんけど、そういうの好きだからいいですよね」

不穏《ふおん》な言葉が聞こえてきたが、それでも佐久良は早くして欲しかった。ずっと中を弄られ、もっと強い刺激を体が求めていた。

「ちゃんと支えててくださいよ」

「言われなくても」

少し腰を引かれ、前に傾《かたむ》く体を若宮が受け止める。佐久良は若宮の背中に手を回していて、若宮は佐久良の脇の下に手を入れ、体を支えている。

尻を望月に向けて突きだしたような格好になっていると、佐久良が気づく前に、猛《たけ》った屹立が押し込まれた。

「ああっ……」

溢れ出た声は嬌声《きょうせい》だった。明らかに悦《よろこ》びを含んだ声は、望月の動きを加速させる。

シャワーの流れ出る音に紛れて、望月が腰を打ち付ける音が響く。それを上回るほどの声を佐久良は上げ続けていた。

「やっ……はぁ……っ……」

佐久良はついに若宮の胸にもたれかかる。もう繋《つな》がっていなければ、その場に崩れ落ちていただろう。それくらい体に力が入らない。佐久良を支配するのは快楽だけだ。

望月の突き上げが激しくなる。何も喋《しゃべ》らないのは、望月にも余裕がないからだろう。

「もうっ……」

限界が目前に迫った佐久良は、どうにかしてほしくて、若宮を見上げた。それに答えるように、若宮が笑顔で頷いた。

「おい。お前がイかせられないなら、俺がするぞ」

佐久良に対するのとは打って変わって冷たい口調で、若宮が望月を急かせる。

チッと舌打ちする音が聞こえてきた。そのすぐ後、佐久良の屹立に指が絡んだ。

「あっ……ああ……」

望月に屹立を性急に扱きたてられ、佐久良はようやく解放された。力をなくす佐久良の中に、望月もまた迸《ほとばし》りを解き放つ。全て注ぎ込んで望月は佐久良の中から出て行った。

「また中……」

体内に広がる熱い感覚に、佐久良は掠《かす》れた声で訴える。中に出されると後の処理が猛烈《もうれつ》に恥ずかしいのだ。

「ここならすぐに洗えるからいいじゃないですか」

望月は悪びれることなく答える。

「はいはい、それは後で」

若宮が話を遮り、佐久良の体を抱え上げた。

「湯船に浸《つ》かりましょうか。冷えたでしょ？」

気遣う若宮に、佐久良はこくりと頷く。体は冷えるどころか熱くなる一方だったけれど、湯船に浸かって体を癒《い》やしたかった。

佐久良を抱えたまま、若宮が浴槽《よくそう》に足を踏み入れる。そして、一度、佐久良を立たせると、手を取って、一緒に腰を下ろそうとした。

「なっ……」

不自然な行動に嫌な予感がする。焦った声を上げても、もう遅かった。

「ああっ……」

猛った屹立が佐久良の中に押し入ってくる。浴槽内に座った若宮の上に座らされたせいだ。下から一気に貫かれ、佐久良の嬌声は悲鳴にも似た響きを帯びる。

「すごくいい」

うっとりしたような声が背後から聞こえてくる。さっきまで望月を呑み込んでいたそこは、若宮を難なく受け入れ、熱く包み込んでいた。

「もう、ずっとこうしてたいな」

「馬鹿なこと言ってないで、さっさと動いてください」

望月が冷たい声を若宮に投げかける。

「自分が終わったからって、勝手なこと言ってんなよ」

「晃紀さんが焦れったいようですけど？」

望月に指摘されると、若宮の体がハッとしたように固まった。その反応の全ては密着《みっちゃく》した体から伝わってくる。

「晃紀、早く動いてほしい？」

耳元で問われ、佐久良は顔を伏せ、無言で頷く。

佐久良は達したばかりだ。おかげで中も敏感になっている。屹立が肉壁に当たっているだけで、体は疼《うず》き、もっと強い刺激を求めてしまう。

「ごめんね。すぐ気持ちよくさせるから」

若宮はそう言うなり、佐久良の腰を摑んで体を引き上げた。

「あぁ……んっ……」

中を擦られる感覚がたまらなく佐久良を感じさせる。萎えていた中心は力を取り戻し、勢いよく勃ち上がる。

「ここも……」

「ひぁっ……」

甲高い嬌声を上げ、背をのけぞらせる。

「ちゃんと擦ってあげるね」

若宮が途中で屹立を留め、小刻みに佐久良の体を揺さぶる。前立腺の位置を的確に捉えたその動きは、確実に佐久良を狂《くる》わせていく。

揺らめく体を支えるため、バスタブの縁に手を突いた。そうしないと後ろの若宮めがけて倒れ込んでしまうだろう。

「もっと気持ちよくなりたいですよね?」

問いかけているようでいて、望月は返事を待っていない。バスタブの横に膝を突き、佐久良と目線を合わせる。

「俺はこっちを育てます。まだまだ成長途中なので」

望月は何を言っているのかと、佐久良は快感で潤《うる》んだ瞳を向けた。

望月の手が佐久良の胸に伸びる。

「ふ……ぅ……」

小さな尖りを指で弾かれ、甘い息を吐く。

望月が何を育てるのか、佐久良にもわかった。これ以上、そんなところを大きくしてどうしようというのか知らないが、二人はいつも楽しそうに佐久良の胸を弄くる。おかげで二人とこんな関係になる前よりも、乳首も乳輪も確実に大きくなっている。

「お前が触ってるからってのはむかつくけど、晃紀が気持ちよさそうだし、中も締まるし、そのまま続けてろ」

「もちろん、続けますよ」

「あっ……」

尖りを摘《つ》まれ、声が上がる。そんな佐久良の後ろで、若宮が小さく呻《うめ》いたのが聞こえてきた。きっと佐久良が無意識で締め付けてしまったのだろう。

「そっち、勝手にやってろよ。俺もそろそろヤバくなってきた」

佐久良の腰を持つ若宮の手に力が入った。

さっきよりも激しく上下に揺さぶられ、佐久良の体が度々、湯から飛び出す。それだけ大きく動けば、胸を弄ぶのも難しいはずだが、望月はそれさえ利用した。

「いっ……あぁ……」

望月が強く摘まんだ乳首が動きに合わせて引っ張られる。その刺激に声を上げても、望月は手を離そうとしない。

「くっ……締め付けすぎだって」

そう言われてもどうしようもない。文句なら望月に言ってほしい。そんな思いで佐久良は首を横に振る。

「わかってる。あいつ、俺と晃紀がくっついてるのが嫌で、早くイかせたいんですよ」

「そうですが、何か?」

とぼけた顔で言いながら、望月はまた佐久良の乳首を抓《つね》った。ちょうどその瞬間、若宮が奥を突き上げてきて、佐久良は二カ所同時に強い刺激を受けてしまった。

「ああっ……」

佐久良は声を上げ、屹立から精を放った。触れられることもなく達したのは、若宮にも予想外だったのだろう。

「一緒にイこうと思ってたのに……」

不満そうな声が聞こえても、佐久良は何も言えない。二度も達したことで、体力はすっかりなくなっていた。

「早くイッたらどうです？」

望月が揶揄《からか》う口調で挑発している。

「わかってる」

若宮はむっとしたように望月に返してから、

「ごめん。もうちょっと付き合って」

そう言った後、すぐに佐久良を持ち上げた。ギリギリまで引き上げ、一気に落とす。それを数度繰り返した後、若宮は佐久良の中で達した。

また中に出されたと佐久良はぼんやりとした頭で思う。きっと望月がそうしなければ、若宮もしなかったはずだ。望月への対抗心があるに違いない。

立て続けに責められ、二人にイかされ、佐久良はもう動く力も気力もなかった。若宮が揺さぶっていた間も力が入らず、されるがままだった。

ぐったりとしている佐久良の腰を持ち上げ、若宮はゆっくりと自身を引き抜く。そして、そのまま自らの膝に座らせた。

「お腹空きましたね」

宥《なだ》めるように佐久良の髪を梳《す》きながら、若宮が話しかける。仕事の後、夕食もとらずに帰ってきたのに、そのままこの状態に流れ込んでしまったせいだ。

「俺が晃紀さんの支度を手伝うんで、若宮さんは夕飯を作っててください」

「いやいや、晃紀の世話は俺の仕事だろ」

「晃紀さんがお腹を空かせたままでいいんですか？」

「いいわけないっての」

若宮が仕方ないと佐久良を軽く浮かせると、その下から抜け出した。

急に安定感がなくなり、佐久良はよろめきつつ背中をバスタブに預ける。

「晃紀はどれくらい食べられそう？」

浴室を出て行く前にと、若宮が尋ねる。

「どれくらいって、こんなことをした後で、食べるどころじゃないんだが……」

それは嘘ではなかった。空腹は感じず、あるのは喉《のど》の渇《かわ》きだけだ。

「先にビールだ。すぐ持ってくるから」

佐久良の様子に気づいた若宮が、慌《あわ》ててバスルームを出て行った。

「ホント、マメな人ですね」

「おかげで俺は助かってるよ」

「それは俺にもそうしてほしいってことですか？」

「お前はそのままでいい。マメで優しい望月なんて何か下心ありそうで怖《こわ》いからな」

望月が甲斐甲斐《かいがい》しく世話を焼いてくる姿を想像して、佐久良は笑う。

「そうですか、それじゃ、マメでもなく優しくもない俺が、中から掻き出してあげますよ」

ニヤっと笑った望月が佐久良に手を伸ばす。

「ちょっと待った」

戻ってきて若宮が、勢いよく浴室のドアを開ける。そして、佐久良にプルトップを開けた缶ビールを差し出した。

「中を綺麗にするのは、マメで優しい俺の役目でしょう。ね？」

どこから聞いていたのか、若宮が佐久良に同意を求める。

「さあ、どっちにします？」

二人が声を揃えて尋ねてくる。どちらかを選んだところで、恥ずかしい目に遭うのは確実だ。

答えの出せない佐久良はごまかすようにビールを口に運んだ。

3

若宮と望月の考えすぎで、あの少年はただ佐久良に礼を言いたかっただけだという佐久良の考えは、たった今、打ち砕《くだ》かれた。

佐久良の部屋でお仕置きと称して二人に抱かれた日から、二日後だった。佐久良が仕事帰りに、例の交差点へ差し掛かると、目の前にまたあの少年が現れた。

今日で三度目だ。一度目は確かに偶然だったのだろう。だが、三度目となると、二度目でさえ、偶然だと思えなくなる。

「こんばんは」

少年はすぐに佐久良を見つけ、駆け寄ってきた。

「偶然、ではなさそうだけど?」

相手はまだ子供だ。不審《ふしん》な点はあっても、威圧的にはならないようにして尋ねた。

「はい、待ってました」

少年は隠すことなく、待ち伏《ぶ》せを認める。

「俺に何か?」

「これを見てください」

少年がポケットに手を入れ、何かを引き出した。それが写真だとわかったのは、佐久良に向けて差し出されたからだ。

手に取るまで何の写真なのかはわからなかった。けれど、子供相手だからと、全く警戒《けいかい》せずに受け取った。

「……っ……」

声を上げなかったのは奇跡《きせき》だ。それくらい衝撃的な写真だった。

写真に写っていたのは、佐久良と若宮と望月だ。ただ三人が写っているだけなら、こんなに驚きはしない。

写真の中にいる佐久良は全裸だった。バルコニーで二人に抱かれた夜の、まさにその瞬間の写真だった。佐久良の顔は写っていないものの、後ろ姿で自分だとわかるし、何より椅子に座る若宮の上にいるのだ。佐久良以外にありえない。

「一緒に来てください」

少年は写真については何も語らず、佐久良にそれだけを要求した。

写真は佐久良の手の中にある。取り返そうとしないのは、これが一枚だけでないからだろう。きっとデータもあるはずだ。写真にははっきりと若宮と望月の顔が写っていた。若宮と望月が裸の男と絡んでいると、はっきりとわかる写真だ。

少年が何を望んでいるのかはわからないが、かつて脅《おど》されたときのように、警察の情報を流せなどということはないだろう。それなら、今はとりあえず、少年に従って様子を見るしかなさそうだ。

佐久良は歩き出した少年の後をついて行く。

どこまで行くのか、という不安はすぐに消えた。ほんの五分で少年が足を止めたのは、佐久良の向かいのマンションの前だった。

あの写真はこのマンションから撮ったのか。謎《なぞ》が一つ解けた。

高層階だからと完全に油断していた。このマンションも佐久良のマンションとは距離があるから、誰かに見られることなど全く想定しなかった。

「ここです」

一言そう言って、少年はオートロックを解除し、マンションの中に入っていく。当然、佐久良もその後に続くしかない。

向かいにこのマンションがあることは知っていたが、外観しか知らなかった。こうして建物の中に入ると、およその規模は佐久良の自宅マンションと同じくらいだとわかる。

少年と一緒に乗り込んだエレベーターは高層階へと進んでいく。少年が押した階数ボタンを見れば、佐久良の部屋のフロアよりも上になる。あの写真を思い返してみれば、上から覗き込むような角度だった。

エレベーターが停まり、少年が先に降り、廊下を進んでいく。ワンフロアにさほど部屋数がないのは佐久良のマンションと同じだ。一つの部屋が広いのだ。

少年はすぐに足を止め、目の前にある部屋の鍵《かぎ》を開けた。

「どうぞ」

ドアを大きく開き、少年が佐久良を中へと誘う。けれど、言われるまま中へは入れない。

「家族はいないのか？」

佐久良は疑問を口にする。詳しくはわからなくても、おそらくここはファミリー向けのマンションだ。高校生が一人で暮らすところではない。

「今は一人で住んでます」

だから大丈夫だと、少年が中へと再度、佐久良を促《うなが》した。

中に入ると、廊下を抜けてさらにドアを開けた奥にリビングルームがあった。佐久良の部屋と同じくらいの広さだろうか。ドアを開けた真正面には壁一面の窓《まど》がある。カーテンが開いたままになっていたから、この場所からでも外が見える。佐久良のマンションがはっきりと目に飛び込んできた。

「これを使って撮ったんです」

少年が窓際《まどぎわ》に近づき、置いてあった望遠鏡《ぼうえんきょう》を触りながら言った。そして、望遠鏡にスマホを固定して撮影したのだと付け加えた。二つのマンションは正面でも離れているが、間に背の高い建物がないから、撮影《さつえい》できたようだ。

佐久良も窓際に立った。佐久良のマンションに目をやり、自分の部屋を探す。位置関係からどこかはわかるが、部屋の電気は付いていないし、カーテンは閉めっぱなしだから、室内は見えない。バルコニーにあるテーブルセットがかろうじて見えるくらいだ。

「これは覗きに使うものじゃないだろう」

「いつもはちゃんと天体観測《てんたいかんそく》をしてます」

何故《なぜ》、あの写真が撮れたのか。天体観測で、マンションのバルコニーなど見ることはないはずだ。

「あの写真を撮ったときは、佐久良さんがどの部屋なのか探してたんです」

「俺があのマンションに住んでるって知っていたのか?」

「出てくるところを見たことがあるんです」

少年の返事に佐久良は顔を顰める。少年の口ぶりではもうずっと前から佐久良のことを知って
いたように聞こえる。

「それはいつの話だ?」

「一ヶ月前くらいです」

「それじゃ、事故の前から俺を知っていたってことか」

確認を求めると、少年はそうだと頷く。

これだけ近所に住んでいるのだから、顔を知られていたとしても不思議ではない。事故のとき
に知っている男だとわかっても、それを口にするのも不自然だ。だから、今まで言わずにいたの
だろう。

「どの部屋かわからなくて、その写真の日に、初めてわかったんです」

「俺の部屋を探してどうしたかったんだ? 俺を覗き見しようとしてた?」

まさかと思ったが、それしか考えられず、佐久良は窺《うかが》うように問いかけた。

この少年は佐久良の部屋を探そうと望遠鏡で覗いていたと言った。そもそも部屋を知ってどうしたかったのか。覗く目的で探していたとしか思えない。

佐久良の問いかけに、少年は曖昧《あいまい》な笑みを浮かべるだけで答えない。だが、その答えないことが答えになっていた。言えないことをしていたということだ。

「君がこんなことをしていて、ご両親は何も言わないのか？」

「親は知りません」

「そうか、今は一人だと言ってたな。他の家族はどうしてるんだ？」

「もうすぐ引っ越すんで、親は引っ越し先に行ってます。俺は三月に卒業だから、それまで残ってることになったんです」

「高校三年生？」

中学生ではないだろうと思いつつも、一応、確認すると、そうだと頷かれる。

あんな写真を撮られた相手と、こんな世間話のようなことをしているのはおかしな気分だが、どうもこの少年からは嫌な空気を感じない。これでも警察官として十五年近く、犯罪《はんざい》と向き合ってきたのだ。それくらいはわかるという自負がある。

「卒業後はどうするんだ？」

今はもう二月で、大学受験も始まっているし、就職するなら決まっていなければいけない時期だ。それなのに、佐久良の部屋を覗き見している暇《ひま》はあるのかと、言外に含ませた。

「まだ決まってません。急に進学できなくなったから……」

少年は苦笑いで答える。

進学しないではなく、できないと言った。そうなると、これ以上の説明を求めるのは酷《こく》だろう。

佐久良はどう話を進めるか考えるが、少年はそれを見越したように言葉を続けた。

「父親の会社が倒産《とうさん》したんです。どれくらいの借金ができたのかは教えてもらってないけど、このマンションも売らなきゃいけないし、大学に行かせる余裕はないと言われました」

そのため少年の両親は母親の地元に引っ越して、祖父母と同居するのだという。

どうしても大学に進学したければ、奨学金《しょうがくきん》制度がある。だが、少年にそこまでして通う意思はなかったのだろう。既に進学はしないと決めているのだ。

「そうか。君がここに一人でいる理由はわかった」

佐久良は小さく頷く。つまり何を話していても邪魔《じゃま》は入らないということだ。それなら、早々に本題に入ってしまいたい。

「そろそろ、俺をここまで連れてきた理由を聞こうか」

佐久良はじっと少年を見つめる。ここで下手《したて》に出るわけにはいかない。弱みを握られていても、強気に出ることで脅《おど》しは通用しないと思わせたかった。

「その前に、これを消しますから、確認してください」

そう言うと、少年はスマホを取り出し、写真のデータを開いてみせた。

今の立ち位置でも見えないことはないが、よりはっきり見ようと少年に近づき、スマホを覗き込む。

写真のデータは数枚あった。それを指で示しながら、少年は順番に削除《さくじょ》していった。次に同じようにしてクラウドサービスの中にあるデータも消していく。

全て、佐久良の目の前で行われた。スマホ上にはもう佐久良たちの写真は残っていない。他に見えた写真は、全て天体写真だった。望遠鏡は本来の目的で使っていたという、少年の説明に嘘はなかった。

「プリントアウトしたのも、さっき渡した一枚だけです」

その写真は今もコートのポケットに入っている。これさえ捨ててしまえば、証拠は何もなくなる。

これはどういうことなのか。少年には初めから佐久良を脅すつもりはなかったのだろうか。それなら、何故、写真を撮ったり、家にまで連れてきたのか。佐久良にはわからないことだらけだ。

「俺、多分、ゲイなんです」

少年の告白は唐突《とうとつ》だった。だが、それが佐久良をここに連れてきたことの答えだとわかるから、黙《だま》って耳を傾《かたむ》ける。

「ずっと女子に興味がなくて、おかしいとは思ってたけど……」

それだけでゲイだと確信できるかと言えば否だ。佐久良にしても若宮と望月と体の関係のある付き合いをしているが、自分をゲイだとは今も思っていない。

「佐久良さんを初めて見たとき、すごくかっこいいと思って、なんか急にドキドキして、声を聞いてみたい、話がしたいって思いました」

少年がまっすぐ佐久良を見つめて、打ち明けてきた。

佐久良にとって、これまで外見だけで好意を寄せられることは少なくなかった。若宮や望月のこともあって、男性から想いを寄せられることにも驚かなくなった。だからといって、それを受け入れられるかは別問題だ。

「だから、事故のとき、すごく嬉しかったんです」

初めて佐久良が声をかけたときだ。

容姿しか知らなかったところに、声を聞くことができた。そのうえ、名前も職業までわかったのだ。嬉しすぎて興奮して、まともに話せなかったことを後悔《こうかい》したのだと少年は付け加えた。

そんな様子だっただろうか。事故のとき、話したのも二言三言、どんな表情をしていたのかも思い出せない。それくらいの印象しかなかった。

こうして今、思い返してみると、さっき写真を渡してきたときは、ただ緊張《きんちょう》していただけだったのかもしれない。それが強《こわ》ばった表情となり、佐久良を脅そうとしているように見えたのだろうか。

「事故に遭った日、警察から帰ってきて、すぐに佐久良さんのマンションを見ました。帰ってるのはわかってたから、この中のどこかに佐久良さんがいるんだと思うだけでよかったんです」

「俺が余計なことをしたんだな」

佐久良は自嘲《じちょうぎ》気味《み》に笑う。佐久良が積極的にバルコニーで始めたわけではないが、断ろうと思えば断れたのに、そうしなかったのは自分だ。

「この写真を撮ったとき、すごく嬉しかったんです。佐久良さんも俺と同じなんだって思って」

さっき少年はゲイかもしれないと言った。男とセックスしているのだから、佐久良をゲイだと思っているのだろう。同類がいたことによる安堵感《あんどかん》があるのかもしれない。

「写真を渡したのは、ただ、二人きりになる口実が欲しかっただけです。佐久良さんと二人で話をしたかったんです」

「なら、これで満足したのか？」

佐久良が問いかけると、少年は「はい」と笑って頷いた。けれど、その笑顔は心からの笑みには見えなかった
きっと人からは甘いと言われるだろう。佐久良は少年を見放せなかった。佐久良がしたのは話だけだ。それで満足するのなら、これからだって話くらいする。

「いつまでここにいるんだ？」

佐久良はこれからのことを考え確認する。高校の卒業式といえば、三月の上旬くらいだろう。引っ越しするまでなら、時間の都合もつけやすい。けれど、喜ぶだろうと思った少年の反応は予想外のものだった。

「えっ……」

少年は何故か、挙動不審《きょどうふしん》になり、誰もいないのに周囲に視線を巡《めぐ》らせた。

佐久良の質問のどこがおかしかったのか。親が先に引っ越していて、進路も未定だというから、親と一緒に住むと考えるのは当然だ。

佐久良は改めて部屋の中を見回した。部屋に入ってすぐは写真のことが頭にあって、よく見えていなかった。だが、落ち着いてから見ると、極端《きょくたん》に家具が少ないことに気づく。売却したのか、引っ越し先に運んだのか、どちらにせよ、この部屋はすぐに売却予定なのだろう。それなのに、さっきの動揺《どうよう》は自分が引っ越すとは考えていなかったからではないのか。

「もしかして、引っ越すつもりがないのか?」

半ば確信を持って尋ねたが、今度も少年から答えは返ってこない。

「売却が決まっているなら、住み続けることはできないぞ」

「わかってます。住むつもりなんてありません」

この質問にだけは妙《みょう》にきっぱりと答えた少年に、ふと高校時代の同級生の姿が蘇《よみがえ》った。自ら死を選んだ彼は、最後にどんな顔を見せていただろうか。

二人を重ねてしまったのは、少年の表情にどこか諦《あきら》めが見えたからかもしれない。だから、自殺した同級生を思い出した。

「まさか、死のうなんて考えていないよな?」

佐久良は思いついた嫌な予感を振り払《はら》うために尋ねた。けれど、図星だったのか、少年は追及を逃れるように顔を伏せた。

「引っ越すのが嫌だからか?」

「別にどこに住んだって一緒です」

少年の答えはそっけない。引っ越すことが嫌だということではなさそうだ。

「それなら、どうして？」

佐久良に再度尋ねられ、少年は答えを探すように目を彷徨《さまよ》わせた。そして、少しの沈黙《ちんもく》の後、見つかった答えを口にした。

「生きてくのって、面倒だなって……」

「面倒？」

佐久良が思ったこともない理由に、自然と同じ言葉を返してしまう。

「だって、面倒じゃないですか。これからは俺も働かないといけないんです」

「働くのが嫌だってことか？」

「働くことのメリットが俺にはないんです」

今時の子供らしいというのか、現実的というのか、夢も希望もない台詞《せりふ》だ。働けば、その対価に金を得る。それが一番わかりやすいメリットであるはずだが、少年は意味のないことなのだと言っている。

佐久良にとって仕事は生きがいだ。もちろん、働いた分の対価はもらう。けれど、それ以上に刑事である自分に誇《ほこ》りを持てることが、何よりのメリットだった。それをこの少年にどう説明すればわかってもらえるのか。

「楽しいこととか、好きなこととかないのか？」

たとえ、それが仕事に繋がらなくても、生きる喜びになるだろうし、そのために働こうという意欲も出てくるかもしれない。何かきっかけさえあればと、佐久良は尋ねた。

「好きなこと……」

呟くように言った少年は、ふと視線を上げ、それからを佐久良を見つめた。好きという言葉で真っ先に思いつくのが佐久良だったらしい。

恋愛が生きる糧《かて》になる人間もいるだろう。この少年にとっても、もしかしたら、そうなるかもしれない。だが、相手が佐久良では無理だ。佐久良には若宮と望月がいる。少年と恋愛する未来はない。

「今日はありがとうございました」

話は終わったと、少年は礼を言って頭を下げる。これ以上、立ち入って欲しくないのだろう。

それがわかるから、なおさら、このまま帰るわけにはいかない。

どうにかして、少年に自殺を思いとどまらせたい。この先、生きていれば楽しいことがあると言ったところで、少年が想像できなければ意味はないだろう。佐久良を好きになったのは外見がきっかけなら、世界が広がれば他にも好きになれる人間が現れるはずだ。それをどうやって気づかせればいいのか。

なかなか立ち去ろうとしない佐久良を、少年が不思議そうに見ている。何故、帰らないのかと思っているのだろう。

目を離せば自殺してしまいそうで帰れないのだが、かといって、いつまでもここにいて二十四時間監視《かんし》するわけにもいかない。佐久良にも仕事がある。今は捜査が終わったばかりで待機中だから佐久良がいなくても大丈夫だが、事件が起きたらそうはいかない。

佐久良に使える時間は少ない。それなら、早期に自殺を諦めさせればいいだけだ。

「今、学校は？」

「三年生はもう卒業式まで休みです」

急な質問に戸惑《とまど》った様子を見せながらも、少年はあっさりと答えた。聞かれたくない質問ではなかったからだろう。

「それなら、明日、俺と出かけよう」

「なんで……」

思いがけない佐久良の申し出に、少年が言葉を詰まらせる。

「俺との約束があれば、死にたいなんて思わないだろう？」

自信過剰《じしんかじょう》な台詞だとはわかっている。それでも、少年に明日まで生きていたいと思わせる約束が他に思いつかなかった。

「どこか行きたいところはある？」

最初の誘いに少年が答えていないことには構わず、出かけることは決定事項として、佐久良は話を続ける。

「どこって……」

急にそんなことを聞かれても咄嗟《とっさ》に思いつかないようだ。もっとも、その前から少年は戸惑いっぱなしで、考える余裕もないのだろう。

「なら、明日の朝までに考えておいてくれ。迎《むか》えに来るから」

多少強引に話を進めると、少年は勢いに押されたのか頷いた。これで明日までは死ぬことはないだろう。

「遠出になって泊まりになるかもしれないから、着替えもあったほうがいいな」

そう付け加えると、少年はさらに驚いたように目を見開いたが、もう行くことは決まったのだからというふうに、これにも頷いた。

「それじゃ、また明日……」

そう言って帰りかけた佐久良はふと思いついた。

「そうだ、君の名前は？」

かなり今更《いまさら》な質問に、佐久良は苦笑する。ずっと名前も知らないままで、こんなに話し込んでいたのかと呆れるしかない。

「加瀬《かせ》湊《みなと》です」

佐久良と同じ気持ちだったのか、少年は照れくさそうに笑って、自らの名前を告げた。

3・5

本庁に向かう電車の中で、望月はそのメールに気づいた。上司であり恋人でもある、佐久良からだ。

熱が出たから休む、家族が様子を見に来てくれるから、見舞いはいらないという内容に、望月は顔を顰める。

望月が知る限り、佐久良が病気で休んだことはない。体調管理に気をつけているのと、感染《かんせん》する病気でなければ、少々の無理はするタイプの人間だからだ。その佐久良がメールを送れるほどの熱で休むというのが理解しがたかった。

まずは本庁で、若宮にも同じメールが来ているかの確認からだ。

警視庁に到着したのは二十分後で、捜査一課に望月が顔を出すと、まだ人影《ひとかげ》はまばらだった。望月の出勤時刻は、一課でも早いほうだ。

望月は室内を見回した。当然、佐久良の姿は見えない。若宮もまだいないから、先に始業の準備を始める。

「おっはよーございまーす」

捜査一課に不似合いな緊張感のない挨拶が聞こえたのは、望月がデスクについて三十分近くが過ぎてからだった。

「お前は本当にギリギリにしか来ないな」

佐久良班、最年長の立川《たちかわ》が笑いながら、若宮に応じる。

「ハニーに朝飯作ることでもなきゃ、早く起きても意味ないんで」

「ハニーってなんだよ。いなくても起きろ」

呆れたように言いながらも、立川の顔は笑っている。若宮の普段の言動のせいか、何を言っても若宮だからと受け入れられる。得な性格だとは思うが、なりたいとは思わない。

「若宮さん、ちょっと」

望月は話があると若宮を呼び出す。若宮相手に挨拶など必要ない。上が勝手に決めた相棒でも、それよりもライバル関係のほうが上に来る。それは若宮も同じ気持ちだろう。

だから、普段はよほどのことがない限り、望月が若宮に話しかけることはない。それなのに、声をかけられた若宮は戸惑うことなく、望月に近づいてきた。これで若宮にも佐久良からのメールが届いたことがわかる。

望月はフロアを出て廊下の隅まで若宮を連れて行く。今からする話を人に聞かれるわけにはいかないからだ。

「メールのことだろ?」

望月が切り出す前に若宮から問いかけてきた。

「そうです。どう思いますか?」

「熱があるのに、俺にもお前にもメールを送るかね」

やはり若宮も同じように不審を抱いているようだ。

「俺もそう思います」

「それに、家族が様子を見に来るなんて、俺たちに来て欲しくないってのが丸わかりだろ」

若宮が不機嫌そうに吐き捨てる。佐久良に嘘を吐《つ》かれたと思い、腹を立てているのだろう。その気持ちは望月が一番よく理解できる立場だ。

「どうして、来て欲しくないのかですが……」

望月はおそらくだが、ほぼ間違いないだろうと言葉を続ける。

「家にいないのがバレるからじゃないかと思います」

「そりゃ、仮病《けびょう》がバレたらまずいだろうが、それならそもそも病気だと言わなきゃいい話だろ」

若宮が納得できないといったふうに目を細める。

「仮病が一番バレにくからですよ。結婚式や葬式《そうしき》なんて調べればわかりますからね。熱が出て寝てたなんて、家に押しかけない限り、バレないでしょう」

普通なら、同僚が休んだだけで家には行かない。けれど、そこに同僚以上の関係があれば、話は変わってくる。だから佐久良は、望月と若宮に家には来るなとメールを送ってきたのだろう。

「俺たちにはバレたくない理由があるってことだ」

若宮も望月の言いたいことに気づいたようだ。珍しく望月は若宮と目を合わせる。

「つまり……」

「男」

望月が口火を切り、最後は二人の声が揃った。これまでさんざん他の男絡みのことでお仕置きと称して抱いていた。それが頭にあったから、佐久良は隠そうとしたのではないか。それが二人の結論だった。

「相手は誰だ……」

若宮が首を傾げるように、望月にも思い当たる男はいなかった。佐久良の生活全てを把握《はあく》しているとは言わないが、仕事人間のあの人に出会いがあるとも思えない。

「とりあえず、班長の行き先に心当たりのありそうな人に当たってみましょう」

「誰だ？」

「本条さんですよ。あの人には嘘は吐かないでしょう」

悔《くや》しいことにと、心の中で付け加える。

佐久良にとって、本条はもっとも尊敬する刑事であり、憧《あこが》れの男でもある。それは普段の佐久良の態度を見ていればわかる。恋愛感情ではなくても、他の男に特別な感情を向けているのはあまり喜ばしいことではない。

やることは決まったと、二人で一課に戻る。既に始業時刻になっていたから、本条の姿もあった。望月が近づくまでもなく、本条からやってくる。

「佐久良が休みだから、佐久良班は俺が見ることになった。とはいっても、事件が起きたらだけどな」

本条は佐久良班の刑事たちにそう言うと、すぐに自分のデスクへと戻っていった。本条には自分たちの捜査があるから、佐久良班が動く事態になるまでは何も手を出さないようだ。これは本条が勝手に決められることではないから、一課長の許可も得ているのだろう。

望月は若宮に目配《めくば》せして、本条の元に向かう。

「本条さん」

「なんだ？　好きにしてていいぞ」

指示待ちだと思ったのか、本条がパソコンの画面から目を離さずに言った。声だけで望月だとわかったようだ。

「佐久良班長から連絡があったんですか？」

望月がそう問いかけると、本条はようやく顔を向けた。

「熱が出て休むから、事件が起きたときの班長代理を頼むと言ってきた」

「電話があったんですか？」

「ああ。今日の朝な」

自分たちにはメールだったのに、本条には電話をするのかと心がざわつく。けれど、それを押し隠し、質問を続けた。

「辛そうでしたか？」

「どうだろうな。短い電話だったし」

本条の態度はいつもとまるで変わらない。嘘を吐いているかどうか、経験の差なのか、望月には判断できなかった。

若宮も同じ判断をしたのか、身を屈《かが》め、座っている本条に顔を近づけた。

「少し顔を貸してもらっていいですか？」

小声だったが、そばにいる望月には聞こえた。

これ以上の追及は、人目のあるところでは無理だと思ったのだろう。本条しか手がかりのない今、こんな説明だけで引き下がれないのは望月も同じだ。

本条は深く息を吐いてから立ち上がった。

「今なら、どこの会議室も空いてるな。第三に行くぞ」

一課から一番近い会議室を指定して、本条は先に歩き出した。望月と若宮の話に付き合ってくれるようだ。

「それで、何が聞きたい？」

会議室に入るなり、本条が尋ねる。捜査中だから、時間を無駄にしたくないのだろう。望月たちも真相を早く知りたいから、若宮が早々に本題を切り出した。

「班長が仮病なのはわかってます。どこに行ってるんですか？」

誤魔化《ごまか》しのないストレートな質問に、本条が笑う。

「あいつは部下に全く信用されてないんだな」

「熱が出たくらいで休む人じゃないと思ってるだけです」

「なるほどね」

本条がわかったふうに頷く。それが余裕があるように見えて、望月は苛立ちを覚える。自分たちのほうが佐久良を想っているのは間違いないが、本条ほど佐久良に信頼されている自信はない。

それがわかるから悔しかった。

「それに、家にいませんから」

望月はきっぱりと言い切った。本条よりも佐久良に詳しいのだと思わせたくて、確証《かくしょう》もないのに断言した。

「いないのか？」

「ええ、いません」

本条との腹の探り合いだ。絶対に引き下がらないとポーカーフェイスを貫く。この戦いに若宮は参戦しない。ここは望月に任せると決めたようだ。

「病院に行ってるんじゃないか」

本条は全く動揺したふうはない。このやり方では本条から事実を引き出すのは無理なようだ。

望月はそれならと最後の手段に出ることにした。

「班長が連絡取れないなんておかしいです。誘拐《ゆうかい》の可能性があります」

「いやいや、朝、あいつから電話があったと言っただろう」

本条は笑って可能性を否定するが、望月は引き下がらない。

「犯人《はんにん》に強要されて電話をしたとも考えられます。一課長に相談したほうがいいかもしれません」

最後の手段は脅しだ。本当のことを話してくれないと、一課長を巻き込むと本条を脅しているのだ。

本条はどうでるのか。望月が見つめていると、本条が声を上げて笑い出した。

「なんで佐久良が一日休んだだけで、こんな大騒《おおさわ》ぎするかな」

よほどおかしかったのか、本条は笑いを止めて話し始めたものの、その目には笑いすぎて涙《なみだ》が滲んでいる。

「ま、俺は隠さなくてもいいと言ったんだけどな。有休も山ほど残ってるんだから、仮病を使う必要ないって」

やっと本条が真実を話してくれた。望月は知らず知らず強ばっていた肩の力を抜いた。

「班長はなんと言ってたんですか？」

「自殺願望のある高校生がいるそうだ。目を離すと自殺しそうだから一緒にいて説得をすると言っていた」

本条の言葉を聞いて、咄嗟に思い浮かんだのが、事故の被害者だという高校生だ。佐久良を待ち伏せしていたくらいだ。接点は充分にある。

「それは説得できるまで休むってことですか？」

「一日で気を変えさせるのは難しいだろ。何日休むことになるかわからないから、休みを延ばしやすい病気にすると言っていた」

「そんなに休むつもりで？」

若宮が我慢しきれず話に加わる。

「せいぜい、二、三日だろう。事件が起きれば、それも短くなるかもしれないが」

佐久良の性格上、担当の事件が発生すれば、それを放置することはないだろう。そのときは高校生のことは誰かに任せることになるが、待機中は自分で何とかしようとするはずだ。

だから、待っていれば佐久良は帰ってくる。理屈《りくつ》ではわかっている。けれど、感情が受け入れられない。佐久良が他の男と一緒にいることに、言いようのない胸のムカつきを覚える。

望月はチラリと若宮を見た。若宮もポーカーフェイスを保っているが、内心では面白くはないはずだ。

「納得したら、仕事に戻れ」

本条が話はもう終わりだと、二人を追い立てる。

「仕事っていっても、待機ですけど」

軽口を叩《たた》く若宮に、本条がニッと笑ってみせる。

「うちの班長が何か企《たくら》んでたぞ。この前の働きが気に入ったらしい」

「げっ」

本条の言葉に若宮は嫌な声を上げ、望月も顔を顰める。佐久良と違って、三井班長はとにかく人使いが荒い。あのときはしみじみと佐久良班でよかったと思った。

「まあ、頑張れ」

本条は望月と若宮の肩を順番に軽く叩いて、先に部屋を出て行った。

「お前はどうする？　俺は班長を探す」

本条がいなくなった後、若宮が尋ねてくる。

「探しますよ。当たり前でしょう」

望月はフンと鼻を鳴らして答える。

「けど、その前に仕事か」

「何をやらされるのかわかりませんけど、ちゃんとやらないと班長のメンツを潰《つぶ》しますからね」

「そうだな。がっつりやって、とっとと終わらせよう。その後、班長捜しだ」

望月と若宮の意見が一致し、二人はようやく会議室を後にした。捜査一課に向かうため、廊下に出た途端、一課の同僚刑事である藤村亘《ふじむらわたり》と堤章大《つつみあきひろ》に出くわした。

内心、嫌な相手と会ったとは思ったが、二人は望月よりも年上だし、藤村に至っては、本条と同期の大先輩だ。笑顔を作りはしないが、真面目《まじめ》な顔で頭を下げる。

「おはようございます」

「おう」

気のないような短い返事を返されるが、藤村はこれが通常運転だ。刑事としては優秀で、その実力は本条も認めるほどだが、捜査一課で一番の問題児でもある。自分勝手で気まぐれな横着者《おうちゃくもの》というのが、周囲の一致した認識だ。

「佐久良、休みなんだって？」

もう聞きつけたらしく、揶揄うような口調で尋ねてくる。

「熱が出たそうですよ」

「ホントに？」

あえて他人事《ひとごと》のように軽く答えた若宮に、藤村が疑いの目を向ける。

「どういう意味ですか?」

「俺が知る限り、あいつが病気で休んだことはねえからさ」

藤村は何を知っているのか。佐久良が仮病だと決めつけているように見えるが、確証はないはずだ。ここは知らない振りで誤魔化すのが正解だろう。

「鬼《おに》の霍乱《かくらん》ですね」

望月は冗談で話を終わらせようと、思ってもいないことを口にした。

「お前らにとっちゃ、鬼じゃなくて天使《てんし》なんだろ」

藤村は笑いながらそう言った。確かに、『お前』ではなく『お前ら』と。人前でも挨拶のように佐久良を口説《くど》いている若宮だけなら、そう言われるのもわかる。だが、望月は少なくとも警視庁内では部下の態度を崩していないはずだ。

望月が『天使発言』の混乱から立ち直れないでいる間に、藤村はさらに爆弾《ばくだん》を投下した。

「佐久良が休んだのって、俺はてっきりお前らがやり潰したんだと思ったんだけど」

思いもかけないことを言われて、ポーカーフェイスには定評《ていひょう》のある望月でも、咄嗟に表情を取り繕《つくろ》えなかった。自分では見えない、きっと間の抜けた顔をしていることだろう。

「お前らが揃って来てるってことは違うのか」

読みが外れたとばかりに、藤村は首を傾げている。

望月はもちろん、軽口が得意な若宮でさえ、何も言えなかった。ここまで言われれば、完全に佐久良との関係がバレているとしか思えないからだ。

「くだらないこと言ってないで、行きますよ」

助け船は堤が出してくれた。ずっと黙って控《ひか》えていたのは、さっきまでの会話に興味がなかったからに違いない。

「それと、二人も三井班長が探してたから、急いだほうがいい」

それならもっと早く言って、藤村を黙らせて欲しかった。だが、藤村がそこまで堤の言うことに素直に従うとも思えない。きりのいいところまでというか、藤村が満足するところまで、堤は待っていただけなのかもしれない。

二人と別れ、一課に戻った望月と若宮に、三井班長から応援の指示が出され、それからは考える暇もないくらいに働かされた。


応援捜査から解放されたのは夕方になってからだった。仕事も終わり、これでようやく佐久良を探すことができる。案の定というのか、佐久良から連絡はなかった。確認のために送ったメールに返事はなく、かけた電話にも応対はなかった。

佐久良がいなければ、決して一緒に帰ることのない二人だが、今日は別だ。この後のことを相談する必要があった。

「俺はこれから、事故の高校生の身元を調べに行く」

本庁を出たところで、若宮が言った。事故を担当した所轄《しょかつ》に行くのだろう。それならと、望月もこの後にすべきことを話した。

「俺は班長のマンションに行きますよ。何か行き先の手がかりがあるかもしれませんから」

「ああ、そうか。お前も合鍵を作ってたんだな」

留守宅に行くという望月に、若宮があっさりと納得したのは、同じ穴の狢《むじな》だったからだ。

望月は佐久良が目を離した隙《すき》に、佐久良の部屋の合鍵をこっそりと作っていた。若宮の口ぶりでは、若宮も同じことをしていたようだ。もっとも、これはお守りのようなもので、万《まん》が一《いち》のことがなければ使うつもりはなかった。

若宮とは桜田門《さくらだもん》の駅で別れた。そこからは互いに調査を開始する。

望月はまっすぐ佐久良のマンションに向かった。オートロックの暗証番号も覚えているし、すんなりと部屋まで入った。

念のため、インターホンを押してみたが、応答はない。望月は鍵を開け、中に入ると、真っ暗な室内に明かりを灯す。

一人でこの部屋に入るのは初めてだ。いつからいないのか、部屋の中は冷え切っていた。

佐久良は几帳面《きちょうめん》だから、何かを出しっぱなしにしたりはしない。こうして室内を見回しても、目新しいものもなければ、気になるものもない。どうやら簡単に行き先のヒントは見つかりそうになかった。

最後に佐久良を見たのは、昨日の夕方。そのとき、佐久良は何を着ていただろうか。昨日の今日だ。まだクリーニングには出していないはず。望月はそれを捜すことにした。

コートはすぐに見つかった。ウォークインクローゼットの一番手前、ハンガーに掛けてあった。

調べるのはポケットだ。腰のポケットに手を入れると、何かが当たった。摑んで取り出したそれは、望月の顔色を変えさせるに充分なものだった。

裸の男を中心とした写真には、登場人物として、望月と若宮も写っている。この部屋のバルコニーで佐久良を抱いたときの写真だ。

どうして、佐久良がこんな写真を持っているのか。そもそもどうやって撮られたのか。

その写真を手に立ち尽くす望月を復活させたのは、スマホの着信音だった。

望月はハッとして、スマホをポケットから取り出した。

『高校生の身元がわかった。なんと、班長の向かいのマンションに住んでる』

聞こえてきたのは若宮の声だ。挨拶も前置きもなく、本題を切り出してくる。

「それでわかりました。班長がいなくなった訳が」

『どういうことだよ』

「説明するので、こっちに来てください」

『おう、わかった』

若宮にしても早く事実を知りたい気持ちが強いのだろう。いつもならもっと文句を言うところだが、今日は素直だった。

若宮はすぐに行くと言って電話を切った。事故現場がこの近所なのだから、所轄もそう遠くない。若宮の到着はさほど時間はかからないだろう。

望月は待つ間にと、バルコニーへ向かった。そこに出たからといって、何かわかるわけではないが、そもそもの発端《ほったん》がそこだとしたら、確認せずにはいられなかった。

バルコニーに出ると、確かに真正面にここと同じくらいの規模のマンションが建っている。今までは気にしたこともなかったし、前回、初めてバルコニーに出たときも、佐久良に夢中で外の景色も気にならなかった。

「おーい、来たぞ」

部屋の中から若宮の声がした。随分と早いが、もしかしたら、この近くから電話をしてきたのかもしれない。

望月は部屋に戻り、若宮を出迎えた。

「何がわかったんだよ」

若宮は望月の顔を見るなり、催促《さいそく》してきた。

「バルコニーに出たらわかります」

望月の返事に、若宮はその顔にあからさまな不信感を見せた。だが、佐久良を想う気持ちが勝ったのか、バルコニーに戻る望月の後についてきた。

「ここから、高校生の部屋が見えるはずです」

「高校生の部屋？」

訝《いぶか》しげに問い返しながらも、若宮は柵《さく》に近づき、正面にあるマンションを見た。

「三十二階だったから……」

「ここより一階分、上ですね」

「それが？」

早く結論を言えとばかりにの若宮に、望月はようやく写真を見せた。

若宮は一瞬、息を呑み、それからすぐ望月の言いたいことがわかったようで、再び、向かいのマンションに目をやった。

「この写真で脅されて、連れて行かれたってことか？」

「本条さんに言ったんですから、自殺しそうな高校生を止めたいというのは嘘じゃないんでしょう。ただこの写真がなければ、高校生が自殺しそうなんて気づくこともなかったと思います」

実際に何があったのかなんて、望月にはわからない。けれど、佐久良があの高校生と一緒にいることだけは事実で、そのきっかけを作ったのは自分たちだということもわかる。

「俺はまだ晃紀さんを捜しますよ」

佐久良が何をしようとしていても、その場所に自分がいないことは考えられない。望月は自分に言い聞かせるように言った。

「何、当たり前のこと言ってんだ。捜すに決まってんだろ」

若宮の言葉に揺るぎはない。佐久良に関することで一切の迷いがないことには、望月も感心する。

「後は行き先だな」

難しい顔をして若宮は頭を掻く。ここまで行き先のヒントは何も見つかっていないのだ。

「スマホの電源を入れてくれればいいんですけどね」

望月はスマホを見ながら呟く。

「それで連絡を取ろうって？」

「いえ。晃紀さんのスマホにＧＰＳアプリを入れておいたんで、電源さえ入れてくれればわかります」

「マジか」

さすがに若宮もそこまでしていると思わなかったのか驚いた顔になる。けれど、続けた言葉は、さすがの若宮だった。

「俺にも居場所がわかるようにしてくれよ」

望月を責めることなく、その恩恵《おんけい》に与《あずか》ろうとする。佐久良の情報を得るためなら、その手段を選ばないのは望月と同じだ。

「今、やっておきますか」

望月は自らアプリの共有を申し出た。これから佐久良を捜すのだから、一人の目ではなく、二人の目でＧＰＳを監視していたほうが、見逃す恐れは少なくなる。

若宮がスマホを取り出した、その瞬間、望月のスマホが反応した。

「晃紀さんが電源を入れました」

ＧＰＳアプリが佐久良の居場所を示した。ずっとそのアプリを起動したままにしていたから、すぐに気づけた。

「どこだ？　今どこにいる？」

若宮が勢い込んで望月のスマホを覗く。

「伊豆《いず》です」

「なんで、そんなとこまで行ってるんだ」

「今はホテルですね」

望月はスマホの画面を確認する。ビジネスホテルの場所でマークは止まっていた。

「この時間でビジネスホテルなら、今日はもうここで泊まりでしょうね」

「今から伊豆まで行けるか……」

若宮は腕時計を見て呟く。頭の中でかかる時間を計算しているのだろう。

「電車が途中で終わるんじゃないですか」

もう午後九時過ぎだ。今から急いだとしても、熱海《あたみ》辺りでもう乗り継ぐ電車はなくなるのではないか。望月の指摘に、若宮もその可能性が高いことに気づいたようだ。

「レンタカーなら？」

「もう営業所は閉まってますよ」

「なんで、そんなに冷静なんだよ。晃紀が他の男とホテルにいるってのに」

若宮が怒りにまかせて望月の胸ぐらを掴み上げる。

近い距離で睨《にら》み合う。心配しているのは若宮だけではない。望月もどうしようもない焦《あせ》りと苛立ちを感じているのだ。それを表に出すか出さないかの違いだけだ。

「考えてるんです。どうするのが最善なのかを」

無計画に突っ走っても、明日の仕事はどうするのか。佐久良に失望《しつぼう》されるようなことはしたくない。

「もうどうしたって、今日は動けないんですから、考えましょうよ、明日までに」

望月に諭《さと》され、少し頭が冷えたのか、若宮は望月を解放し、頷いてみせた。

4

枕《まくら》が変わったから眠れないというわけではなく、思い悩むことがあったせいで、昨夜《ゆうべ》はなかなか寝付けなかった。

佐久良《さくら》はほとんど眠れないまま朝を迎《むか》えた。ビジネスホテルのツインルーム、隣《となり》のベッドの湊《みなと》は、若いせいなのか、昼間よく動いたからか、午前七時を過ぎても、起きる気配はなかった。

静かにベッドを抜けだし、先に身支度を終えておく。仕事ではないからとスーツは着てこなかった。着替えも同じだ。セーターにツイードのパンツと、一緒にいる高校生の湊と不釣《ふつ》り合いにならないようラフな格好《かっこう》にした。

着替えも終わり、佐久良はベッドに腰掛ける。そして、湊の寝顔を見つめる。よく眠れるのも穏《おだ》やかな寝顔なのも、こうして伊豆《いず》まで来たからなのだろうか。

昨日の朝、車で湊を迎えに行ったものの、特に行きたい場所はないと、前日と変わらない答えだった。だから、目的地を決めないまま、西に向かって車を走らせた。伊豆になったのは、海を見れば気分も晴れるかと考えたからだ。

その日の夕方、思いがけず絶景《ぜっけい》の富士山を見たことで、湊の表情も明るくなっていた。それでも、まだ湊の口から自殺をやめるとは聞いていない。もっとも、そんな質問を佐久良もしていなかった。この旅で、生きていればまだまだ楽しいことがあるのだと思わせたかった。

湊が眠っている間に、佐久良はスマホを確認するため、電源を入れた。昨日の夜も本条《ほんじょう》にメールを送るために、一度、電源は入れたが、用が終わり次第、すぐに切っていた。ちらりと見た限りだが、若宮《わかみや》と望月《もちづき》からメールと着信があったのは目にしている。ずっと電源を入れたままにしていると、きっと二人から何かしらの連絡があるに違いない。今は二人に関わっている余裕はなかった。

佐久良が見守る中、湊がごそごそと動き出した。どうやら目を覚ましたらしい。まともに目も
開いてない状態で上半身を起こしたものの、どこにいるのか思い出せないのか、キョロキョロと
周囲を見回し始めた。

「おはよう」

目が合うのを待って、佐久良は声をかける。それでようやくここがどこかを思い出したらしい。

「おはようございます」

湊が照れくさそうに返してくる。

「朝食の時間が九時までなんだ。食べられそうなら行かないか？」

ホテルが朝食を提供する時間帯は決まっている。佐久良の誘《さそ》いに湊はサイドテーブルの時計を
見た。午前八時。佐久良が起きてから既《すで》に一時間が過ぎている。

「すぐ準備します」

急がないと間に合わないと思ったのか、湊がベッドから飛び降りた。

結局、朝食には余裕で間に合った。その後、ホテルをチェックアウトして、すぐ隣にある駐車場《ちゅうしゃじょう》に向かう。

これからの予定は特に考えてはいないが、海岸沿いを走りながら、東京に近づいていってもいいかもしれない。そんなふうに考えながらホテルを出た佐久良たちに、近づいてくる人影《ひとかげ》があった。

「おはようございます」

挨拶《あいさつ》は聞き慣れた声が二つ。佐久良は息を呑《の》んで、その声の主を見た。

もちろん、立っているのは若宮と望月だ。二人ともスーツの上にコートと、仕事中と変わらない格好をしている。

「どうして……」

いるはずのない二人に、佐久良は呆然《ぼうぜん》として呟《つぶや》く。

「俺たち、今日は非番なんで、一緒に観光しようかなって」

若宮が笑顔で答えた。佐久良が聞きたいことはそれじゃないと知っていながら、わざと答えたに違いない。

佐久良は隣にいる湊の様子を盗《ぬす》み見る。

湊は佐久良たちの関係を知っている。それでも二人がここまで追いかけてきたことに驚《おどろ》き、言葉も出ないようだ。

「ちょっと来い」

佐久良は若宮の腕を摑んで引っ張り、その場から離れた。これから話すことを湊に聞かせないためだ。湊を一人にしないよう、望月を残しておいた。

「どうして、俺がここにいることがわかった?」

駐車場とは反対側まで若宮を連れて行き、改めて尋ねた。

「晃紀《あきのり》のスマホにGPSが入ってるから」

思いもしないことを言われて、佐久良は驚きで言葉をなくす。自分でそんなものを入れた覚えがないからだ。

「俺も知らなかったんだけど、望月が入れてたんですよ。念のためだって。あいつもたまにはいいことしますね」

若宮が満足そうに頷《うなず》いてみせる。

今の若宮の口ぶりからすると、佐久良を捜すために二人が協力したことがわかった。仲がよくないくせに、こういうときだけ協力し合うのだ。

「俺たちに嘘《うそ》までついて、あいつとこんなところまで来た理由はわかったけど、納得するかどうかは別問題だからね」

「本条さんに聞いたのか?」

「そっちじゃなくて、写真のほう」

「どうして、写真のことまで……」

佐久良は信じられない思いで若宮を見つめた。誰にも知られるはずはない。データは全部、佐久良の目の前で消されている。

「コートのポケットに入れたままにしてるから。見られたくないなら、ちゃんと捨てないとダメですよ」

窘《たしな》めるように言われても納得できることではない。あのとき着ていたコートはマンションの部屋にあるのだ。

「晃紀に何かあったら駆《か》けつけられるように、合鍵《あいかぎ》は俺もあいつも持ってます。こんなときに使うことになるとは思わなかったけど」

悪びれることのない若宮の態度に、佐久良は呆《あき》れるよりも諦《あきら》めを覚えた。きっと望月も若宮と同じ考えなのだとすれば、この二人に嘘を吐くこともできなければ、逃げることもできないのだろう。

勝手にGPSを入れられたり、合鍵を作られたうえに家捜しされたり、本来なら、怒るべきところだ。だが、この二人を選んだのは自分だ。二人から向けられる過剰《かじょう》とも思える愛情を逃《のが》したくないと思って受け入れたのだ。だから、こうなったのも全て自分の選択《せんたく》の結果だと思えば、怒ることなどできなかった。

「あいつの自殺を思いとどまらせるんでしょ？　俺たちも協力しますよ」

「いいのか？」

「生きてると楽しいことがあるって思わせればいいだけだし、楽勝」

若宮は自信たっぷりに言い切った。

言われてみれば、佐久良よりも若宮のほうが向いているのかもしれない。若宮はいつも楽しそうにしているから、言葉で説得するよりも、若宮を見ているだけで触発《しょくはつ》されることもあるだろう。

若宮の申し出は、未《いま》だこれといった手応えのない佐久良にはありがたかった。

いつまでも望月と湊を待たせているわけにはいかないから、特に打ち合わせもしないまま、二人のところに戻った。

「晃紀さん、車のキーを貸してください。ここからは俺が運転します」

そう言って望月が手を差し出してくる。佐久良が車で来ていることは、自宅の駐車場に車がなかったことでわかったのだろう。

「お前たちは車じゃないのか？」

二人が車を持っていないことは知っているが、公共交通機関だけでここまで来るのは面倒だろうと佐久良が尋ねる。

「電車とタクシーです」

「思ったより近かったな」

望月と若宮が順番に答えた。

「だから、俺たちも足がないので、お願いします」

再度、望月に手を突きつけられ、佐久良はバッグからキーを取り出し手渡した。

「じゃ、行こっか」

何故《なぜ》か、駐車場の場所を知らないはずの若宮と望月が先に歩き出す。

ずっと置いてきぼり状態だった湊が、縋《すが》るように佐久良に声をかけてきた。

「あ、あの……」

「すまない。一緒に行くことになった」

「でも、あの人たちって……」

湊が言葉を濁《にご》した意味は佐久良にもわかる。写真にははっきりと二人の顔が写っていたのだ。

「俺が他の男と一緒なのが気に入らなくて、邪魔《じゃま》しに来たんだ」

前を歩く二人を見ながら、佐久良は小声で答える。あえて軽く表現したのは、湊に負担をかけないためだ。自分のせいでと思って欲しくなかった。

「他の男って、俺？」

「ああ。浮気を疑われてるんだ」

冗談《じょうだん》っぽく笑いながら言ったのに、湊はショックを受けたように言葉をなくしている。

「基本的に男なら全て嫉妬《しっと》の対象になるみたいだから、あまり気にしないように」

フォローになるのかどうか不明ながらも、佐久良は湊の肩をぽんと叩《たた》いて励《はげ》ました。

駐車場に着くと、既に佐久良の車のそばに若宮と望月が立っている。運転すると言った言葉どおり、望月が運転席側にいた。

運転席に望月なら、佐久良と湊は後部座席だろうと移動しかけたのだが、若宮がそれを止める。

「運転する望月のモチベーションを上げるために、隣に座らないと」

若宮が佐久良の背中を押し、そのままドアを開けていた助手席へと押し込んだ。

「で、俺と湊は後ろね」

若宮に名前を呼ばれ、湊は驚きを隠せないようだ。

「名前……」

「本職の刑事《けいじ》を舐《な》めんなよ。名前くらいすぐに調べられるっての」

後部座席で得意げに話しているのが、助手席からでもよく聞こえる。

きっと本条から自殺しそうな高校生がいるという話を聞き出し、佐久良に関わっているのなら、事故《じこ》の被害者《ひがいしゃ》の高校生だとすぐに思い当たったのだろう。そこから先、どうやって身元を調べたのかなど容易《ようい》に想像できる。

「どこに行きますか？」

カーナビに行き先を設定するために、望月が誰にともなく尋ねる。

「ここからなら三島《みしま》スカイウォークが近くないか？」

「なんですか、それ」

若宮の提案に、望月が素《そ》っ気《け》ない答えを返す。

「お前、ホントに世の中のこと知らないよな」

「知らなくても問題ないでしょう」

若宮と望月が、またいつものように言い争いを始める。佐久良はそれを横目にスマホで若宮の言った場所を検索《けんさく》した。そして、ざっくりと情報を仕入れると、そのままスマホを見ながらカーナビにその場所を設定した。

「さ、行こうか」

若宮は望月の肩を軽く叩いて促《うなが》した。

「お前たちのソレは、待ってても終わらないからな」

「ひどーい」

おどけた声を上げる若宮に、佐久良は笑いを零《こぼ》す。湊と二人だけのときと違い、若宮と望月がいると会話も増え、笑いも起きる。昨日とは随分《ずいぶん》と車内の雰囲気《ふんいき》が変わった。

望月が車を走らせ始めてから、ふと思い出して尋ねる。

「そうだ。望月は今日、非番じゃなかっただろう。どうしたんだ?」

元々非番だった若宮はともかく、望月は違う。佐久良は班員《はんいん》の分は全員の非番を把握《はあく》していた。

「森村《もりむら》さんに代わってもらいました」

望月はあっさりと、佐久良班の刑事の名前を口にした。

「こんなことで迷惑《めいわく》をかけるな」

「一つ貸しにしてもらってるので大丈夫です」

二人がそんな話をしている後ろで、若宮も湊と会話をしていた。

「あの写真のデータって、スマホに入ってる?」

「……何の写真ですか」

湊は若宮がどこまで知っているのかわからないから、誤魔化《ごまか》すしかないのだろう。それが聞こえた佐久良は、話を変えさせようと口を開きかけたが、それより若宮が早かった。

「俺たちの3P写真に決まってんじゃん」

「若宮っ」

佐久良は慌《あわ》てて声を上げたが、若宮は止まらない。

「あの一枚だけじゃないよな？　もっといろんなのが見たいんだ」

欲望を露《あら》わにした言葉に、湊は完全に引いている。後ろを振り返って見た湊の顔は引きつっていた。

「データはもう消してて……」

「なんで？　見たかったのに」

若宮が不満そうにしている。勝手に写真を撮られたことへの怒りは感じられず、そのことに湊は驚いているようだった。

「見たって意味ないだろう」

少なくとも自分は見たくないという思いを込めて、佐久良は口を挟《はさ》む。

「大ありですよ。やってる最中はやっぱ夢中になってて冷静に見られないから、落ち着いた状態で、最中の晃紀を見たいんです」

若宮があまりに力説するからか、

「消さなきゃよかったですね」

湊がぽつりと呟《つぶや》いた。その呟きを若宮が拾う。

「全くだ」

力強い同意の声。湊はついに堪《こら》えきれないように吹《ふ》き出した。この旅で初めて、湊が声を上げて笑っている。

若宮と望月が現れ、どうなるかと思ったが、結果として、二人の時よりも湊の表情が明るくなった。湊にとってはよかったようだ。

そうしているうちに目的地、三島スカイウォークに到着した。有名な観光地らしく、平日なのに人が多い。

駐車場に車を停《と》め、そこから観光名所でもある吊《つ》り橋《ばし》までは歩いて行くのだが、車中で距離が縮《ちぢ》まったのか、若宮と湊が並んで歩き出した。そして、ゲートで入場料を払った後は、二人がさらに先を歩く。

二人で大丈夫だろうか。佐久良が心配でその背中を見つめていると、

「あの人に任せておけば大丈夫ですよ」

隣に並んだ望月が、珍《めずら》しく若宮を評価《ひょうか》する言葉を口にした。

「少なくとも俺よりは向いてます。俺じゃ背中を押しかねない」

「いくらなんでも、そんなことはしないだろう」

佐久良がまさかという目を望月に向ける。望月は具体的に自殺者の背中とは言わなかったが、意味は通じた。

「他人に興味がないので、死のうが生きようがどうでもいいんですよ。目の前で躊躇《ためら》われたら、比喩《ひゆ》じゃなく、面倒で背中を押すかもしれません」

「それでよく警察官《けいさつかん》になろうと思ったな」

今はもう刑事になった後だから、そんなことはしないだろうが、刑事になっていなければと考えると恐ろしい。

「捕《つか》まるより捕まえるほうがいいですからね」

「捕まる可能性があったのか？」

佐久良は驚きを隠せず、少し前のめりになり尋ねた。

「人生、何があるかわかりません」

今のところは、その可能性はないという返事に、佐久良はホッとする。

「いろんな動機があるものだな」

佐久良はしみじみとして呟く。憧れを持ってこの職業についた自分とは随分と違うが、大事なのは動機ではない。今の望月は立派《りっぱ》に刑事になっている。

「吊り橋が見えてきたな。確かに絶景だ」

日本最長という吊り橋の向こうに富士山まで見えている。ここに来る前、ざっくりとした知識を入れただけだが、いい選択だった。

「晃紀さん、怒らないんですね」

橋に向かって歩きながら、望月が言った。

「何をだ？」

「ＧＰＳを入れたことです」

「ああ、そうだったな」

言われてみれば、勝手にスマホを操作されたのだから、怒って当然だ。だが、この二人にはいろんなことをされているので、それくらいは些細《ささい》なことだと思ってしまっていた。

「お前たちに怒られることばかり考えて、怒ることは忘れてたな」

湊と二人で出かけると決めたときから、ずっと罪悪感《ざいあくかん》があった。悪いことはしていないと思いつつも、後ろめたさは消えなかった。

「自覚はあったんですね」

「だから、黙《だま》ってたんだろう」

「安心してください」

望月は笑ってみせるが、その笑みに黒いものを感じるのは気のせいだろうか。素直に受け入れられず、佐久良がじっと見つめていると、

「お仕置きは、落ち着いてからにします」

やはり、望月は全く安心できない台詞《せりふ》を笑顔で口にした。

「そういえば、本条さんに頼まれて手伝った事件も、自殺願望のある高校生が被害に遭《あ》ったんでしたね」

「自殺しようとした理由は何だったんだ?」

事件の話は聞いていたが、そもそも自殺を考えるに至った理由までは、本条から聞いていなかった。

「成績不振です」

望月が短く答える。

本音《ほんね》ではそれだけで、と思うが、子供には子供なりの事情があり、必死なのだ。そう考えると、湊の問題も珍しいわけではないのかもしれない。

「彼はどういう理由なんですか？」

望月も佐久良がこうしているのは、湊の自殺を止めるためだということは、本条から聞いて知っているらしい。

佐久良は一昨日《おととい》の夜、本人から聞いた理由を望月にも教えた。

「それは晃紀さんに、どうにかできる問題ですか？」

言外にできないだろうと言われているようで、佐久良は苦笑いする。

二人には、湊が佐久良を好きだと言ったことは話していない。余計にややこしくなりそうだからだ。

「黙って見過ごすことはできなかったんだ」

「晃紀さんがそうしたいなら、俺はそれに従います。ただ、もう目は離しませんけど」

望月は最後に釘《くぎ》を刺《さ》すことを忘れなかった。

「二人とも早くこっち」

吊り橋の手前に着いた若宮が、手招きして佐久良たちを呼んだ。

若宮たちに近づいて行くと、吊り橋を引き返してきた観光客とすれ違う。

「さ、渡りますよ」

その言葉とは逆に、望月が佐久良の腕にしがみついてきた。

「どうした、望月」

「高所恐怖症《こうしょきょうふしょう》なんです」

「初めて聞いたぞ」

「初めて言いましたね。今日だけですから」

「おい」

窘めたところで望月は聞かない。堂々としがみつけるチャンスだとばかりに、望月がさらに手の力を強めた。

「俺も高所恐怖症になった」

若宮がすぐさま反対側の腕にしがみつく。

大の男二人に、両腕をつかまれた。旅先での悪ノリだと思えば、目くじらを立てることでもないのだろうが、ここには湊もいる。

湊に視線を向けると、啞然《あぜん》とした顔で若宮や望月を見ていたが、佐久良と目が合うと堪《たま》らず吹き出した。

「歩きづらくないですか?」

「もう歩きたくないな」

佐久良はそう答えて笑った。

佐久良と湊が笑い合っているのに釣《つ》られたのか、両隣の二人も笑い出す。本当に仲間で観光に来たようだ。昨日よりも遙《はる》かに湊の表情も明るい。佐久良もまた普段の忙《いそが》しい生活を忘れ、大自然の景色を堪能《たんのう》した。

それからも度々、観光地に立ち寄りながら、四人の旅は続いた。運転手は車を降りるたびに変わる。そして、運転が望月、助手席に湊、後部座席が佐久良と若宮になったときだった。

「今日はどこに泊まります？　温泉があったほうがいいんだけどな」

若宮が当たり前のように尋ねてくる。

「お前たち、明日は仕事だろう？」

だから旅館に泊まってはいられないだろうと佐久良は問い返した。佐久良だけは本条からの呼び出しがあるまでは、溜まった休みを使うつもりでいるが、二人はそうではない。

「熱海《あたみ》ぐらいなら、朝早く帰れば間に合います」

いつ打ち合わせをしていたのか、運転席から望月が若宮の援護《えんご》をする。

「湊だけはずるいでしょ。俺たちも晃紀と泊まりたい」

「泊まりたいって……」

子供っぽい主張に佐久良が苦笑する。

「湊はいいよな？　俺たちが一緒でも」

「俺はどっちでも……」

若宮に問われても湊に決定権はない。それがわかっているから、湊は曖昧《あいまい》な答えしか返せなかったが、若宮と望月はそれを了解と受け取った。

「熱海なら温泉旅館もたくさんあるはずです」

「オッケー、今から探す」

若宮がスマホを取り出し、熱海の宿の検索を始める。そして、すぐに顔を上げた。

「ここなんかどうです？」

スマホを見るよう促され、若宮に体を近付け、画面を覗《のぞ》き込んだ。

「隙《すき》あり」

その言葉の直後、頬《ほお》に唇《くちびる》が押し当てられた。若宮にキスをされたのだとすぐにわかる。

「お前……」

「だって、昨日は一日会えなかったし、今日もほとんど触れ合えなかったから、欲求不満なんですよ」

佐久良の抗議《こうぎ》の目を、若宮は仕方ないことなのだと、平然として受け止める。むしろ、触れ合わせなかった佐久良のほうが悪いとでも言いたげだ。

「こんなんじゃ、全然足りないけど」

不満そうに言った若宮は、佐久良の手を取り、その手のひらを舐《な》め上げた。

慌《あわ》てて腕を引いても遅い。若宮はしてやったりとニヤニヤ笑っている。

「人が運転してるときに、何やってくれてるんですか」

今度は運転席から不満の声が上がった。

「俺はチャンスを逃がさないんだよ」

「今すぐ運転を代わりましょう。車を停めます」

望月の声には本気の響《ひび》きがあった。どんな状況《じょうきょう》でも若宮に負けたくないようだ。

「馬鹿言ってないで、とっと宿に向かえよ」

「予約は取れたんですか？」

「ああ。いい旅館が取れた」

若宮が得意げに答えた。さっき佐久良にスマホ画面を見せたときは、まだ決まっていなかったのではないか。

「俺に見ろと言ったのは？」

佐久良が若宮を睨《にら》み付ける。

「触れ合うための手段？」

とぼける若宮の肩を佐久良が軽く叩く。それすらもスキンシップだと嬉《うれ》しそうにする若宮には、もう何をしても無駄《むだ》なようだ。

そんな三人のやりとりを湊が羨《うらや》ましそうに見ていたことに、佐久良は気づかなかった。

予約していた旅館に到着したときには、既に午後六時を過ぎていた。部屋は四人一緒だ。若宮が短時間で探したにしては、ゆったりとした造りの部屋を見る限り、かなり上質な宿のようだ。

若宮は早く温泉とうるさかったが、夕食の時刻《じこく》が迫《せま》っていたため、後回しとなった。

刑事になってからは初めての温泉宿が、この三人と一緒だというのが不思議《ふしぎ》でおかしい。食事の間もどうにも違和感《いわかん》が拭《ぬぐ》えず、若宮や望月に何度も問われるほど、おかしな表情になっていたようだ。

「待ってましたの温泉」

食事が終わるのを待ちかねたように、若宮が勢いよく立ち上がり宣言《せんげん》する。そんなに温泉が好きだったと佐久良は初めて知った。

「早く準備して」

急《せ》き立てる若宮に釣られたのは、佐久良を除《のぞ》く二人だ。

「晃紀は？　着替えも買ってきたでしょ」

だから温泉に行こうと若宮が詰《つ》め寄ってくる。

着替えは佐久良も湊も一日分しか持っていなかった。服はともかく、下着と靴下《くつした》だけは着替えたいと、ここに来る前、コンビニで四人とも調達はしている。

「俺は部屋の風呂で済ませるから、三人で行ってくるといい」

若宮が誘っているのは大浴場だ。この部屋にも風呂はあるが温泉ではないと説明されている。それでも、佐久良は部屋の風呂がよかった。

「せっかく熱海に来てるのに温泉に入らないとか、あり得ないでしょ」

「一人でなら入るが、お前たちと一緒には入らないと言ってるんだ。何をするかわからないからな」

「うわっ、信用ないなぁ」

「あると思うのか？」

冷たい目で睨むと、若宮が肩を竦《すく》める。身に覚えがあるはずだ。そもそもここに来るきっかけにもなった例の写真は、二人がバルコニーで佐久良にちょっかいをかけてきたから撮られることになったのだ。

「これは反論できませんね」

望月は仕方ないと諦めたようだ。ごねたところで、無理やり引きずっていくわけにはいかない。この部屋を一歩出れば、旅館の従業員や他の客に見られかねないのだ。

「だったら、俺も部屋の風呂で……」

「お前は俺たちと一緒」

断ろうとした湊の肩に若宮が手を回す。

「順番に入ってたら時間がかかるだろ」

「それに晃紀さんと二人きりにするはずないでしょう」

望月まで湊の肩に手を置いた。二人に取り囲まれ、湊が拒否《きょひ》することはできなくなる。佐久良もここは助け船を出さなかった。せっかくの熱海だ。温泉を楽しむことも覚えればいいだろう。

三人が部屋を出て行くと、入れ替わるように着物姿の仲居《なかい》が二人入ってきた。食事の片付けをしてくれるよう、頼んであったのだ。

手早く片付けながら、仲居の一人が続けて布団《ふとん》を敷いてもいいかと尋ねてくる。もちろん、佐久良に断る理由はない。

佐久良は仲居たちがいなくなってから、ようやく一人で風呂に入った。

湯船に湯を張ることもせず、シャワーで簡単に済ませると、浴衣《ゆかた》に着替えた。

まだ三人は戻ってきそうにない。今のうちに、本条に連絡しておこう。本条からの連絡はなかったから、まだ休んでも大丈夫そうだ。あと一日、明日で最後のつもりで、休むというメールを送った。

昨日と今日で自殺の意思がなくならなかったのなら、明日以降を付き合っても、結果は変わらないかもしれない。別の手段を探そうと決めた。

「ああ、いい湯だった」

満足げに言いながら、最初に若宮が部屋に入ってきた。その後ろに湊と望月が続く。

「晃紀が浴衣だ。最高。旅館にして正解だった」

浴衣姿で窓際の椅子《いす》に座る佐久良を見て、若宮がはしゃいだ声を上げる。

「本当に素敵《すてき》です。若宮さん、珍しくいい仕事をしましたね」

望月まで佐久良を見て褒《ほ》め言葉を口にする。

「浴衣ならお前たちだって着てるだろう」

佐久良は立ち上がり、冷蔵庫を開けた。中にミネラルウォーターのボトルが入っているのは、さっき自分が飲んだから知っている。それを風呂上がりの三人のために用意しようと思ったのだ。

「全くの別物です」

「そうそう。俺たちじゃ、そんなにエロくはならない」

ボトルを手に近づいていく佐久良を捉《とら》えた二人の目が怪《あや》しく光る。佐久良は思わず足を止めた。

佐久良が立ち止まったのは、敷かれた布団の手前だ。四人分の布団は、向かい合うように二枚ずつで並んでいて、その中央が通路のように空《あ》いていた。

「水、くれるんですよね？」

「あ、ああ」

望月に催促され、佐久良は布団の通路の中を歩き出す。とはいっても、室内でのことだ。ほんの数歩進んだだけで、佐久良は二人に挟まれる。

「ほら。湊も」

手にしていた三本のボトルを順番に渡していく。そして、佐久良の手が空《から》になった瞬間、腕を摑《つか》まれ、強く引かれた。

「おい、若宮」

胸に抱き寄せられ、佐久良は抗議の声を上げる。

「布団に浴衣なんて、最高のシチュエーション、逃すはずないでしょ」

笑ってはいるものの、若宮から感じるのは痛いくらいの欲望だ。腕を摑まれてはいても、足は動かせる。後ずさろうと後ろに下げた足が何かに当たる。

「ここからが本番です」

佐久良を背後から包んだのは望月だ。その望月の手が浴衣の合わせ目から中へと忍《しの》び込んできた。

「やめろっ」

佐久良は声を上げ、ここにいるはずの湊を視線で探す。ほんの少し離れた場所に立っていた湊は、呆然とした顔で佐久良たちを見つめている。

「わかってるのか。湊がいるんだぞ」

だからやめろと訴《うった》える佐久良に、二人は笑って返す。

「もちろん、わかってます」

「これには湊も賛成してるから」

「賛成って……」

信じられず、佐久良はその言葉を繰り返す。

「何のために三人で風呂に行ったと思ってるの？」

「この後をどうするかの相談をしてました」

二人の説明を受け、佐久良は湊に視線を移す。顔を赤くしながらも、佐久良から視線を逸《そ》らさないその姿に、相談は嘘ではなかったのだと気づいた。

どうして、湊がそんな話を受け入れたのかはわからない。わかるのは、この状況から逃げられないということだけだ。

「あっ……」

肌を撫《な》でていた望月の手が、佐久良の胸を刺激する。小さな突起《とっき》を指先で弄《いじ》くられ、体が震える。思わず、目の前にいた若宮にしがみ付く。

「かーわいい」

若宮の声に羞恥《しゅうち》が募《つの》る。ただ胸を触られたくらいで体に力が入らなくなる、その情けなさに佐久良は顔を伏《ふ》せた。

こうしてずっと顔を隠していたかった。けれど、若宮はそれを許してくれない。

「顔を上げて」

耳元で囁《ささや》かれるも、佐久良は首を横に振る。

「しょうがないなぁ」

諦めてくれたのかとホッとしたのもつかの間、浴衣の裾《すそ》を割って中に手が入り込んできた。

「やっ…あぁ……」

足を撫でながら股間に差し込まれた手に、佐久良は上擦《うわず》った声を上げる。湊が見ているから声は出したくない。そう思っても、勝手に零《こぼ》れ出てしまうのだ。

思わず顔を上げた。そこへすかさず若宮が顔を近付けてくる。

若宮はキスをしたかったのだと、唇を重ねられて気づいた。

押しつけられた唇から舌が扉《とびら》を開くようにと突いてくる。若宮とはもう何度もキスを交わしていて、その気持ちよさを知っている。だから自然と唇が開き、若宮の舌を招《まね》き入れた。

口中で蠢《うごめ》く舌は、確実に佐久良を高めていく。その間も望月が胸を弄くる手を止めず、しかも下着の上からとはいえ、股間を撫でられている。佐久良の全身が快感《かいかん》に支配されるのも時間の問題だった。

佐久良は両手を若宮の首の後ろに回す。それでも手にあまり力が入らないから、望月に背中を預けることで、かろうじて立っているようなものだ。

さんざん口中を貪《むさぼ》った若宮が、キスに満足して顔を離すと、佐久良は完全に体を望月にもたれさせた。もっとも、望月の両手は佐久良の脇《わき》の下から胸へと回され、両方の乳首を弄くっているから、ここも安らぐ場所ではない。

ずっと下着の上から撫でていた若宮だったが、ついにその手を中へと差し込んだ。

「あぁ……んっ……」

既に昂《たかぶ》りを見せ始めていたそこを直接撫でられ、甘い声が出た。

「晃紀さん、こっちも意識してください」

望月がわざと声に出し、佐久良の意識を胸に向けさせる。

「ひっ……あ……」

突起を強く摘《つ》まれ、痛みに声を上げる。けれど、それも快感となり、若宮の手の中の屹立《きつりつ》を震えさせた。

「湊、こっち来い」

不意に若宮が湊を呼んだ。

「見てるだけは暇だろ。晃紀のパンツ、脱《ぬ》がしちゃって」

「や、やめ……ろ……」

湊を止めたいのに、若宮と望月の手が動くから、言葉がまともに出ない。

何かに引き寄せられるように、湊がゆっくりと近づいてくる。

あの写真を撮られたとき、既に痴態《ちたい》は見られている。けれど、レンズ越しと息がかかるくらいの距離で見られるのでは、羞恥《しゅうち》が格段に違う。しかも、前回は見られていることは知らなかったのだ。

佐久良のそばまで来た湊は、布団の上に膝《ひざ》を突いた。

「だ……だめだ……」

佐久良の声は湊に届かない。湊の手が佐久良の下着にかかった。

ためらいがあるのか、それとも楽しみたいからなのか、湊の手はゆっくりと動く。

「あ……」

双丘を覆《おお》う布地がなくなると、その代わりに若宮が手のひらで包んだ。決して柔らかくもなければ丸みもないのに、若宮は味わうように撫で回す。

その隙に、下着は足首まで下ろされていた。けれど、佐久良は畳《たたみ》に足を着いているから、引き抜けない。

下着を足から抜こうと、湊が佐久良の足首を掴んだ。

「なっ……」

人に触られることのない場所を掴まれ、動揺が走る。

「高校生に触られて感じちゃった？」

「違っ……そうじゃない」

茶化《ちゃか》してくる若宮に、佐久良は首を横に振って否定《ひてい》する。ただ驚いただけなのだと訴えた。

「そう？」

若宮は問い返した後、視線を落として湊に目配《めくば》せした。

それが合図になった。足首に絡《から》む湊の指に力が入る。そうすると、元々、力の抜けていた佐久良の足は簡単に持ち上がった。そうして、両方の足を交互に持ち上げられ、下着はあっさりと抜き取られた。

「これでよく見えるだろ？　晃紀は感じやすいから、すぐにこうなるんだ」

そう言って、若宮が硬く勃《た》ち上がっていることを思い知らせるように、佐久良の屹立《きつりつ》を指で弾《はじ》いた。

「あっ、はぁ……」

たったそれだけの刺激でも、甘く掠《かす》れた息が漏《も》れる。

「晃紀さんは特別感じやすいから」

「言うなっ……」

恥ずかしくて目を伏せても、視線は感じる。畳に座っている湊が目を開けていれば、目の高さが佐久良の股間《こかん》だ。

いっそ湊の存在を忘れてしまえば気持ちは楽になる。けれど、若宮と望月が許さない。定期的に湊の存在を佐久良に知らしめてくる。

「立ったままだと、解《ほぐ》すのが辛《つら》いかな？」

若宮が佐久良ではなく望月に問いかける。

「辛いかどうかより、俺が見えないのでやめてください」

「なら、お前がちゃんと支えとけよ」

若宮の指示は曖昧なのに、何故か望月には通じていた。望月は佐久良の脇の下に入れた手を胸の前で交差させた。

その瞬間、佐久良の体が浮き上がる。いつの間にか、若宮が自分の体を挟むようにして佐久良の両足を両手で抱え上げたせいだ。

浮いた体はすぐに布団の上に下ろされた。若宮と望月の体が離れる。逃げるなら今しかない。

佐久良は肘《ひじ》を突いて体を起こそうとした。

「往生際《おうじょうぎわ》が悪いよ」

若宮がニッと笑って、佐久良の足を跨《また》いで座る。

足の自由を奪《うば》われては、上半身でさえ思うように動かせない。どうにか体を起こしたものの、若宮を押しのけるほどの力はなかった。

「そんなに動くと、ますます乱れちゃいますけど？」

揶揄《からか》う声に顔を上げると、若宮の視線が胸元に注《そそ》がれているのに気づいた。さっきまで望月が手を差し込んでいたせいで緩《ゆる》んでいた襟元《えりもと》がさらに広がり、弄られて赤くなった乳首が露わになっていた。

佐久良は慌てて胸元を掻き合わせようとしたが、その手を後ろから掴まれた。

「ダメですよ」

「ナイスアシスト」

望月の行動を若宮が褒める。

「俺は見えないんですけど、せっかく俺が赤くした乳首を見てもらいたいので」

言葉にされると余計に恥ずかしい。乳首が見えていることも、それが赤くなっていることも口にして欲しくなかった。

「晃紀だけ見えてて恥ずかしいなら、俺も見せるから」

そう言って、若宮は自らの帯を解いた。

「邪魔だからこれもいいか」

若宮は続けて浴衣も肩から落とした。そうして見えたのは下着すら着けていない姿だった。

佐久良が何も尋ねていないのに、若宮が全裸の訳を答える。

「どうせすぐ脱ぐから履《は》いてこなかったんだよ」

何故か若宮は得意げに言った。

佐久良は望月もそうなのかと振り返ると、嫌そうな顔を返される。

「この人だけですよ」

望月は完全に呆れた顔でそう言うと、

「それに脱がなくてもできますしね」

佐久良の両手を一つに纏《まと》めて、何かで縛《しば》った。

完全に油断していた。若宮の姿に気を取られていたせいだ。もしかしたら、それも作戦だったのかもしれない。きっと佐久良の手を縛っているのは若宮の浴衣の帯に違いない。さっきは確かに佐久良の太腿《ふともも》近くにあったそれが、今は見当たらなかった。

「どうして……」

縛られなければならない理由が、佐久良には思い当たらない。疑問の言葉は自然と口から零れ出た。

「だって、湊が見てたら抵抗するでしょ?」

「解け……」

「晃紀さんに本気で暴《あば》れられると、俺たちじゃ、敵《かな》わないので予防策《よぼうさく》です」

両手をしっかりと後ろで縛られれば、抵抗などできるはずもない。これから起きることを想像して、佐久良は息を呑んだ。

「俺が背もたれになります」

望月が背後から佐久良の腕を掴んで、後ろへと引き倒す。完全に倒されたわけでなく、頭が望月の胸の辺りに当たり、縛られた手が押さえつけられることはない。そのための背もたれ役のようだ。

手の自由を奪ったからか、若宮が佐久良の足から降りた。その代わり、佐久良の両足を左右に大きく割り開く。

「見るなっ……」

佐久良は羞恥で全身を赤く染めながら叫《さけ》ぶ。

「望月、後ろから足を抱えてくれ」

「仕方ないですね」

いつもなら絶対に若宮の命令を聞いたりしないのに、こういうときだけは抜群《ばつぐん》のチームワークだ。佐久良の足は若宮から望月へと移動する。

「うっ……」

尻が浮くほど開いた足を後ろに引かれ、佐久良は苦しさに声を上げる。

「この体勢はキツそうだから、やめよう」

若宮が望月から佐久良の足を奪い返す。

「どうするんですか？」

「まだ空いてる手があるだろ」

若宮はそばで固まっていた湊に視線を向けた。

「湊、こっちを持ってろ」

「ダメだ、やめろ」

佐久良は焦《あせ》って声を上げる。せっかく湊を見ないようにして、そこにいないものだと思おうとしているのに、触られれば嫌でも存在を感じてしまう。

「ダメダメ言っても、晃紀は感じちゃうからなぁ」

若宮の視線が佐久良の中心に注がれる。さっき両足を広げられたせいで、浴衣の裾は大きくはだけ、硬く勃ち上がった屹立が露わになっていた。

キスで体が熱くなり、胸を弄られ、中心に熱が集まって、そして、今は三人の視線を感じることで、さらに力を持っていた。

「今の格好、最高にいやらしくて、股間に直撃《ちょくげき》だよ」

ほらというように、若宮は自らの中心に視線を落とした。釣られて見たそこは、佐久良と変わらない状態になっている。

「確かにいやらしくていいんですけど、脱がしたほうが早くないですか？」

望月が指摘するように、佐久良の今の姿は、浴衣の襟《えり》も裾《すそ》も体を隠してはおらず、帯がかろうじて、布地を体に留めているに過ぎない。

「何言ってんだ。これが浴衣Hの醍醐味《だいごみ》だろ」

堂々と言い切る若宮に、望月は呆れたようにため息をついたが、それ以上、何も言わなかった。

「ほら、湊」

再開だと若宮が湊を呼ぶ。

促された湊がおずおずと佐久良に手を伸ばした。そして、若宮が広げた片方の足を、湊が代わりに摑む。反対の足は若宮が持ったままだ。

若宮が意図的に足を持ち上げたため、佐久良の奥が晒《さら》される。あり得ない場所が外気に触れ、佐久良は身を竦ませた。

「はい、これ」

背後でゴソゴソしていた望月が、若宮に何かを差し出した。若宮が受け取るとき、佐久良にもそれが見えた。ローションのボトルと箱入りのコンドームだ。望月は佐久良に見えないよう、どこかに隠していたらしい。

若宮はまず手のひらにローションを垂《た》らし、人差し指に纏わせる。その指はすぐに閉ざした後孔に押し当てられる。

この先、どうなるのか、佐久良はよく知っている。そばに湊がいようが、二人は止めることはないだろう。それなら、中途半端《ちゅうとはんぱ》に抗《あらが》うより、体の力を抜いたほうが楽だ。

「……くぅ……」

ゆっくりと指を中に沈《しず》められ、堪えきれない声が漏れた。

若宮は決して焦ることなく、指を動かしていく。最初はただ抜き差しを繰り返すだけだった動きが、徐々に押し広げるように回り始める。その全てを湊が見つめていた。身を乗り出し、指の入った佐久良の後孔を凝視《ぎょうし》している。

指が二本から三本へと増えても、佐久良に痛みも圧迫感もない。佐久良の体を知り尽《つ》くした若宮のおかげだ。

「そろそろかな」

若宮がすっと指を引き抜いた。

「さすがに家のようには汚せないからね」

若宮はそう言いながら、いきり立った屹立にコンドームを被《かぶ》せる。

佐久良はゴクリと生唾《なまつば》を飲み込む。何度経験しても、この瞬間の緊張《きんちょう》は変わらない。

若宮が佐久良の後孔に屹立をあてがった。

「うっ……くぅ……」

押し入ってくる昂りに、息が押し出される。それでも痛みはない。圧迫感も我慢できないほどではない。

「ホントに入ってる……」

湊の呟きは、どこか感動したような響《ひび》きさえあった。

「あの距離じゃ、入ってるとこまで見えないからな」

そう言ったのは若宮ではなく、望月だ。すぐ近くで話しているのはわかるし、聞こえてもいるのだが、反応する余裕はなかった。

「足はもう離していいよ」

望月の声の後、足が布団に下ろされる。けれど、すぐに持ち上げられた。若宮が両足を抱え込んだからだ。

「ああっ……」

強く押し込まれ、佐久良は嬌声《きょうせい》を上げる。

体勢が安定したから、若宮の腰の動きが激しくなる。そのたびに佐久良は淫《みだ》らな声を上げ続けた。

「晃紀さんもゴムを着けたほうがいいな」

そう言った望月が若宮のそばにある、コンドームの箱を指さして、

「湊が着けろ」

ただの傍観者《ぼうかんしゃ》になっていた湊に命令した。

「着けたことない……」

だから無理だと湊は首を横に振る。

「練習になるだろ。俺は手が離せない」

そんな二人のやりとりは佐久良には聞こえていなかった。若宮の激しい突き上げに翻弄《ほんろう》されることしかできない。快感に全身を支配されていた。

「はぁっ……」

触れられていなかった屹立に指が絡む。また新たな刺激を与えられ、佐久良は熱い息を吐いた。

湊が不慣れな手際《てぎわ》で佐久良の屹立にコンドームを被せていく。

「あ……んっ……」

甘い息が漏れ出たのは、湊が佐久良の屹立を強く握《にぎ》ったせいだ。今の佐久良には些細な痛みさえも快感に変わってしまう。

「俺だけを感じてて」

言葉とともに奥を突かれ、佐久良は体を仰《の》け反《ぞ》らせる。望月を背もたれにしているから、どん

なに突かれても後ろに下がることはできない。そのせいでより深くまで若宮を呑み込まされる。

「ああっ……はっ……」

佐久良の声は限界を訴える。早くイきたいのに、佐久良の手は縛られていて動かせない。

「も……早……くっ……」

誰でもいいから、という佐久良の思いが届いたのか、屹立に指が絡んだ。けれど、佐久良の視界は快感で溢れた涙で滲《にじ》んでいて、誰の指なのか確認できなかった。

「くっ……う……」

屹立を軽く握られただけで、佐久良は達した。もっともコンドームを被せられていたから、それが肌を濡《ぬ》らすことはなかった。

佐久良の中の若宮はまだ硬かったが、力をなくした体に数度腰を打ち付けた後、それの勢いはなくなった。

ずるりと若宮のものが引き出されると、ようやく佐久良にも少し理性が戻ってきた。脱力感《だつりょくかん》と疲労感《ひろうかん》で体は動かせないが、視線は動かせる。その視線が捉えたのは、赤い顔で呆然としている湊だった。

「やっぱ若いねぇ」

若宮が揶揄うように言うと、これを使えと風呂場で使ったらしい宿屋のタオルを湊に向かって放り投げた。

「見てるだけでギンギンになって、晃紀に触った瞬間、イッたよな?」

若宮の指摘に湊は顔を真っ赤にして俯《うつむ》いた。事実だと認めたようなものだ。

「触った……?」

佐久良は驚いて湊を見つめる。佐久良にコンドームを着けたのが湊なのは気づいていたが、その後のことは記憶になかった。

「晃紀さんが頼んだんですよ?」

「俺はそんなこと……」

「早くって急《せ》かしたよね?」

詰め寄られて佐久良は返事に困る。

「俺たちは手が塞《ふさ》がってたから、湊しか残ってなかったんだよ」

湊に頼んだわけではないが、誰でもいいからと思ったのは確かだ。あのときはそれくらい余裕がなかった。

「ここにいるんだから、みんなで楽しまないとね」

若宮が笑顔で佐久良の頬を撫でる。手つきは優しいし、口調は朗《ほが》らかなのに、どうして、まだ瞳の奥に熱が籠《こ》もっているのか。佐久良は想わず身を仰け反らせた。その背は再び望月に受け止められる。

「そうですよ。だから、まだ終わりじゃないです」

望月は顔を傾《かたむ》け、佐久良の唇を奪う。軽くでは済まないキスの間に、若宮が佐久良のコンドームを付け替えていた。

若宮と望月、二人とセックスをする流れになって、ひとりだけで終わったことはない。だから、望月にも抱かれることは覚悟していた。それなのに、望月は佐久良の背後から動こうとしない。

「湊のは俺より小さいからな。いいところを突かないと、イかせるのは難しいぞ」

若宮が上から目線で湊に指導している。その内容に佐久良は驚愕《きょうがく》する。

「若……宮？」

まさかという思いで若宮を呼ぶ。若宮はにっこりと笑いかける。

「みんなで楽しもうって言ったでしょ？　湊だけ仲間外《はず》れはかわいそうですよ」

「いや、でも……」

佐久良は若宮の顔を見て、振り返って望月にも視線を移す。

二人は絶対に、他の男に佐久良を抱かせるようなことをするはずがないと思っていた。話をするだけで嫉妬するくらいなのだ。それなのに、湊にはどうしてと、言葉に出さずに視線で尋ねた。

「初心者が何も知らないでやっちゃうと怪我《けが》させるから」

「初めてはプロの指導の下、行うのが最善《さいぜん》だと判断しました」

「何を言ってるんだ？」

疑問を呈《てい》しながらも、本当は二人の言っていることは理解できていた。それでも受け入れられないのだ。

佐久良の質問には誰も答えなかった。その代わりに、若宮は湊を自分のそばへと呼び寄せた。

佐久良の足はまだ軽く開いたままだ。慌てて閉じようとするも、それより早く若宮が足の間に体を入れてきた。

手で押しのけようにもまだ縛られていて、それも叶《かな》わない。佐久良が体を強《こわ》ばらせて見つめる中、若宮はローションを手のひらに垂らすと、湊にも同じことをするように促した。

まさか、本当に男の抱き方を教えるつもりなのか。佐久良は若宮と湊から目が離せなかった。

「あっ……」

若宮の指が佐久良の中を犯《おか》す。さっきまで若宮の熱い昂りに犯されていたせいで、佐久良の中は過敏《かびん》になっていた。指が一本入っただけで、治まったはずの熱が一瞬でぶり返す。

「ほら、湊も」

若宮が湊の手首を掴んで、佐久良の後孔に近付けた。

「やめっ……あぁ……」

制止の声も届かず、湊の指が中に押し込められる。大きさの違う指が、それぞれ違う動きをして、佐久良の襞《ひだ》を苛《さいな》んだ。

快感がじわじわと広がっていく。快感を逃そうと口を開けば、甘く掠《かす》れた声しか出ない。

「湊、ここだ」

若宮がそう言いながら、指の腹で擦《こす》り上げたのは、佐久良の前立腺《ぜんりつせん》だ。

「ああっ……」

直接的な刺激に佐久良の体が跳《は》ねる。

「反応が違う……」

「ここが前立腺。擦ったり撫でたり、突いてもいいし、自分で思うように弄ってみな」

若宮の言葉に、湊が生唾を飲み込む。

中で二本の指が交差し、そして、一本になった。最初は恐る恐るといったふうに動き出したものの、佐久良が敏感な反応を示すたび、動きは大胆《だいたん》になっていく。

佐久良の口からひっきりなしに声が漏れ出し、中心は再び力を取り戻した。

「随分と気持ちよさそうですね。高校生に喘《あえ》がされる気分はどうです？」

望月が身を屈《かが》め、佐久良の耳元で囁く。わざと辱《はずかし》める言葉で羞恥を煽《あお》ろうとしているのだとわかっても、佐久良は言うなとただ首を横に振るだけしかできない。

「でも、湊だけというのも気分がよくないので……」

「あ……んっ……」

望月が背後から手を回し、佐久良の両方の胸に手を這《は》わせた。ただ優しく胸の尖《とが》りを撫でられているだけなのに、全身が敏感すぎる性感帯になっている今は、激しすぎる快感となる。

湊が前立腺を刺激し続け、望月が胸を弄《もてあそ》ぶ。取り残された若宮がぐっと佐久良に顔を近付けてきた。

「イきたい？」

問いかけに、イかせて欲しいという願いを込めて頷いた。ずっと前立腺を弄られつづけてもう限界だった。

「なら、湊に頼んで」

「な……何……？」

「指じゃ物足りないでしょ？　もっと大きいのが欲しいですよね？」

そう言って、若宮が佐久良の屹立を撫で上げた。もう刺激は必要ない、これ以上は辛いだけ、佐久良の瞳に涙が滲む。

「俺だって晃紀を虐《いじ》めたい訳じゃないんだし、ね？」

若宮が屹立の根元を手で締め付けた。どんなに感じても限界が来ても、これでは達することができない。誰かに助けて欲しくて視線を巡《めぐ》らす。

「佐久良さん」

佐久良の注意を引くように、湊がその名前を呼んだ。湊だけ、湊だけが佐久良を助けてくれる。もう他に縋《すが》るものはなかった。

「湊……入れて……」

とうとう湊を求める言葉が零れ出た。

目に映るのは湊だけ。それなら湊に助けを求めるしかない。理性など残っていないから、本能《ほんのう》が湊を求めた。

いつの間にか、足の間には湊がいた。湊は若宮と同じように佐久良の足を抱えた。

浴衣の裾をはだけ、そこから見えている下着はずらされ、勃ち上がった屹立が覗いている。コンドームもきちんと装着されていて、若宮たちが最初から湊にさせようと考えていたことがわかる。

佐久良の後孔に屹立を押し当て、湊が一気に奥へと突き入れた。さっきまで若宮を呑み込んでいたそこは、難なく湊を呑み込む。

「うっ……」

呻《うめ》いたのは湊だった。入れた瞬間、中の質量が少なくなり、理性が飛んでいた佐久良でさえ、一瞬、冷静さを取り戻す。

「え？　お前、イッたの？」

驚いたように若宮に尋ねられた湊は、項垂《うなだ》れ沈黙《ちんもく》する。

「まあ、しょうがないか。初めてだし」

「そうですね。初心者には晃紀さんは刺激が強すぎるでしょう」

だから落ち込むなと言うように、若宮は湊の肩をぽんと叩く。

佐久良の腕の拘束が解かれた。湊も達したからこれで終わりなのかと思うものの、佐久良はまだ勃ち上がったままだ。

「大丈夫ですよ。俺がちゃんとイかせてあげます」

望月が佐久良の背中を押す。既に正面にいた湊もその脇にいた若宮もその場を退《しりぞ》いていて、佐久良は前へと倒れ込んだ。腕を突こうにも、ずっと縛られていて力が入らない。かろうじてついた肘のおかげで、顔から布団に突《つっ》伏《ぷ》すことはなかった。

腰を掴んで持ち上げられ、両手を突かない四つん這いのような格好に、今更《いまさら》ながら羞恥が沸《わ》き起こる。

「ああっ……」

望月は後ろからいきなり突き入れてきた。既に若宮と湊を受け入れた体に容赦《ようしゃ》はなかった。先の二人とは体勢が変わったことで、突かれる角度が変わった。まだ燻《くすぶ》っている火種《ひだね》があったのだと、佐久良に新たな快感が押し寄せる。

佐久良が吐き出す嬌声も熱い息も、顔を伏せた布団に呑み込まれる。一時停止していた絶頂への限界が戻ってきた。

「晃紀は触らないでもイけるから」

佐久良の体の横で、若宮が湊に説明している。自分たちが躾《しつ》けたのだと自慢しているようだった。

「後ろだけでイきますか？」

「や……無理っ……」

既に一度達した体で、出さずにイクのは辛いと、佐久良は頭を振る。

「大丈夫です。俺に任せてください」

ドSの望月の言葉には全く安心できない。そして、案の定、望月は激しく腰を使い始めた。これまでずっと背もたれ役で待機していた腹いせのように、ガンガン奥を突いてくる。

佐久良は動きの鈍い手をどうにか動かして、自らの屹立に触れようとした。けれど、その手は若宮に握られ、それなら反対と動かしかけた手は湊に握られた。

「も……もうっ……」

「いいですよ、イッて」

望月が後押しするように一際《ひときわ》強く奥へと腰を押し込んだ。

「ああっ……」

佐久良が声を上げ、達するのと同時に、佐久良の中の望月もまた射精《しゃせい》した。

佐久良に無体をしたという自覚があったのだろう。望月はすぐに自身を引き出した。そして、佐久良の腰に手を添え、崩れ落ちるのを受け止めた。

「後は綺麗にしておきますから、そのまま眠ってください」

望月の声を聞きながら、佐久良は疲《つか》れに任せて目を閉じた。

5

翌朝、一番先に起きたのは佐久良だった。昨晩、疲れから寝落ちしてしまい、そのまま朝まで目を覚ますことがなかったから、充分な睡眠時間が取れたのだ。

時計を見ると、午前六時前。若宮と望月は出勤すると言っていた。それならそろそろ起きて身支度を始めなければならない。佐久良は二人を起こすことにした。

昨日、布団は二組ずつ向かい合う形で並べられていたはずだが、今は佐久良が寝ていた布団と向かい合って三つの布団が並んでいた。真ん中が湊で両側に若宮と望月が寝ている。どんな話し合いでこの並びになったのかわからないが、若宮と望月なりに湊を気遣ってくれたのだろうことはわかった。

佐久良は湊を起こさないよう、そっと二人のそばに行き、軽く揺すって小声で呼びかけた。若宮から順にそうして、二人がゆっくりと体を起こす。

「おはようございます」

寝起きは望月のほうがよかった。すぐに事態を把握して佐久良に挨拶してくる。

「おはよー」

次は若宮だ。浴衣が邪魔だったのか、下着一枚で布団から抜け出してきた。

「そろそろ起きないと間に合わないんじゃないか?」

「そうだった」

「助かりました」

二人は口々にそう言って、身支度するために立ち上がる。その間も湊は起きる様子もなく熟睡《じゅくすい》している。これが若さなのだろう。

時間があまりないのは正解だったらしく、二人はかなり急いで準備している。諍《いさか》いする時間もないのか、順番に顔を洗い、並んで歯を磨《みが》いている様子は微笑《ほほえ》ましく見えた。

「送っていけなくて悪いな」

スーツをきっちりと着込んだ二人に、佐久良は申し訳ない思いで言った。警視庁までは無理でも、駅まで送って行ければ随分と楽なはずだ。

「大丈夫ですよ。駅まではタクシーですぐですから」

望月が気にするなと答え、若宮がそれに続ける。

「それに、こいつを置いていけないでしょ」

未だぐっすりと寝ている湊に視線を向ける。

どうして、湊にはこんなに優しいのか。佐久良は不思議に思い、若宮を見つめる。その視線を感じたのか、若宮はニヤッと笑った。

「童貞《どうてい》食いしちゃいましたね」

冷やかす言葉に一瞬で昨夜のことが蘇り、顔が熱くなる。

「お前たちがそうし向けたんだろう」

「ま、そうなんですけど」

佐久良がむっとして指摘しても、若宮は悪びれずに笑う。

「こいつはもう大丈夫ですよ」

「そうですね。自殺なんてどこかに飛んで行ってるんじゃないですか」

荷物の整理を終えた望月が話に入ってくる。

「どうしてそう言える？」

「あんな気持ちいいことを覚えたら、もっとしたくなるものですよ」

「だから、死なないって？」

「俺なら飽《あ》きるまでやるかなぁ。死んでる場合じゃないね」

一度覚えた快感は簡単に忘れられるものではない。だから、その快感をまた味わうためには生きていなければならないのだと二人は言った。そんな即物的《そくぶつてき》なことでうまくいくものなのか、佐久良にはにわかに信じられない。だが、佐久良にそれ以上の策《さく》があるのかと言えば、何もなしに湊を連れ回していただけだ。それでは気分転換くらいにしかならなかっただろう。

それでも……、まだ佐久良には納得できないことがあった。

「なんで俺たちが湊に晃紀を抱かせたのか、気になってます？」

佐久良の表情から気づいたのだろう。若宮の問いかけに、佐久良はそうだと頷く。

「一番手っ取り早く自殺を諦めさせる方法を選んだだけ」

「そうしないと、いつまでも晃紀さんは気にし続けるでしょう。他の男のことで悩んでるなんて、我慢なりませんから」

こういうときだけ息の合う二人が、それぞれに理由を口にした。

「お前たちが他の男に俺を抱かせるとは思わなかった」

佐久良はぽつりと呟く。

二人の自分への想いを過剰《かじょう》に感じすぎていたのだろうか。二人に求められるたび、どれだけ自分が愛されているか体で感じていた。だからこそ、誰にも触れさせないはずだと、そう信じていたのだ。それが裏切られたような気分だった。

「見てないところでされるくらいなら、見ているところでするほうがマシだから。頼まれたら断れないでしょ」

「馬鹿を言うな。俺がそんなこと……」

「晃紀、流されやすいから」

若宮が苦笑いする。対して、望月は呆れたような顔だ。

「俺たちとの最初の頃を忘れたんですか?」

忘れられるはずのない過去を蒸《む》し返されると、佐久良はもう何も言えない。それまで知らなかった自分を知らされたし、流されやすいのも二人が言うならそうなのだろう。

「今回のは苦渋《くじゅう》の選択です。もう二度としたくないので、迂闊《うかつ》に他の男を近付けないでください」

「それはそもそもお前たちが……」

「その話も含めて、帰ったらゆっくり話しましょう」

「そのとき、俺たちがどれだけ想っているかも、充分にわからせてあげるから」

二人は最後にそう言い置いて、もう時間がないからと急ぎ足で部屋を出て行った。

残された佐久良は、まだ湊も起きる気配がないから、窓際の椅子に腰掛け、届いていた新聞に目を通す。

そうして、八時になるまで待ってから、ようやく湊を起こした。

「湊、そろそろ起きようか」

佐久良はまず声をかけた。名前を口にしたことがよかったのか、湊がゆっくりと目を開けた。それでもまだ完全に目覚めてはいないのか、しばらくぼんやりとしていたが、佐久良に気づいた瞬間、顔を真っ赤にして俯いた。昨夜のことを思い出したのだろう。

気まずいのは佐久良も同じだ。だから、あえて何もなかったように振る舞うことにした。

「食べられそうなら朝食に行かないか？」

佐久良は寝起きの湊に尋ねた。朝食はレストランに行くことになっていて、午前九時までと時間も決まっている。若宮と望月はゆっくり食べている時間はないと、そのまま出て行ってしまった。

「すぐ、着替えます」

湊は寝起きとは思えないほど勢いよく布団を飛び出し、リュックを持って洗面所へ向かった。顔を洗ってそこで着替えもするつもりなのだろう。

赤くはなっていたが、湊の顔は随分とすっきりしていた。熟睡の結果ではなく、気持ちが晴れやかになったからだと考えるのは、佐久良の都合の良い思い込みかもしれないが、そうであることを願った。

朝食を一緒に食べている間も、目を合わすと恥ずかしそうにはしているものの、一昨日に比べ、昨日に比べ、表情は確実に明るかった。

チェックアウトを済ませ、旅館を出て、車に乗り込んでから、佐久良は湊に尋ねた。

「さあ、今日はどうしようか」

昨日までとは違い、決断を湊に委《ゆだ》ねた。若宮や望月の言うとおりならば、きっと返事も違うはずだ。

「東京に帰ります」

湊は即答《そくとう》した。そこに迷《まよ》いは感じられなかった。

「もういいのか？」

誘い出したのは佐久良だが、湊のためだというのは、湊本人もよくわかっているだろう。

「佐久良さんもあんまり休めないいんじゃないですか？」

「まあ、それはそうかな」

湊の気遣いに佐久良は苦笑する。

「それに、今日も付き合ってもらったら、あの二人に怒られそうだし」

そう言って笑う湊の顔にわだかまりは感じられない。すっきりとした爽《さわ》やかな笑顔だ。

「随分、打ち解けたんだな」

「打ち解けたっていうか、裸《はだか》の付き合いがあったから？」

予想外の言葉に、佐久良はハンドルに顔を伏せた。まだ車を走らせていなくてよかったと心底思う。

「あ、違います。一緒にお風呂に入ったことですよ」

湊も佐久良が何を想像したのかに気づいて、慌てて言い訳した。

「でも……」

湊が何かを思い出したように言葉を続けた。

「早くてすみませんでした」

「なっ……お前……」

すぐにその意味がわかる自分が恥ずかしくて、つい湊を睨み付けると、その湊も自分で言っておきながら、恥ずかしいのか顔を赤くしている。

「若宮さんがちゃんと謝っとけって」

「あいつの言うことは聞かなくていい」

憮然《ぶぜん》として答える佐久良がおかしかったのか、湊が笑い出す。それで少し湊に余裕ができたようだ。

「二人、凄《すご》かったですね。バルコニーのときは遠かったからわからなかったけど、近くで見ると迫力《はくりょく》があるっていうか……」

「今すぐ忘れろ」

強い口調で言ったところで、あれを見られていたら威厳《いげん》など出るわけもない。湊も全く引く様子はなかった。

「毎回あれなら、佐久良さん、大変ですね」

湊はしみじみとした口調で言った。

「少し気持ちが落ち着くまで待ってくれ」

「はい」

頷いて答えた湊の声は笑いを含んでいた。

佐久良が冷静になるまで、それはかなりの時間を要し、車はずっと駐車場に停まったままだった。


東京への道のりは至って順調だった。途中、トイレ休憩を取っただけで、それ以外は停まることなく、湊のマンションを目指した。

それが見えてきたところで、湊のスマホが着信音を響かせた。湊は見ないようにしているが、佐久良が促した。

「見ていいよ。急ぎの用かもしれないし」

一昨日から今まで、湊は一度もスマホを触っていなかった。着信音が鳴ったこともなかった。

だからこそ、気になった。

湊がスマホを確認している間に、佐久良は一昨日の朝と同じ場所に駐車する。そして、車のエンジンを切るのを待っていたように、

「これ見てもらっていいですか？」

湊がスマホを差し出してきた。

スマホを受け取り、画面に目をやると、真っ先に飛び込んできたのは『警視庁捜査一課《けいしちょうそうさいっか》』の文字だ。だから、湊は佐久良に見せてきたのだろう。

それは湊に届いたメールだ。丸田《まるた》という男と行《おこな》ったSNS上でのやりとりについて、話を聞かせてほしいと、捜査一課からの問い合わせメールだった。

「悪戯《いたずら》メールですよね」

警視庁から問い合わせをされる心当たりがないのか、湊は悪戯だと決めつけている。だが、佐久良は首を横に振った。

「本物だろう」

佐久良がそう断定した理由は、連絡先とされた番号は捜査一課の直通のものであること、また担当者の名前も吉見《よしみ》となっていることだった。

「えっ？　でも、どうして俺に？」

本物の警察からのメールだと知り、なおさら、湊の顔には疑問が浮かんでいる。

「何かSNSはやってるか？」

「はい。やってます」

「知らない人との交流は？」

覚えがないのか、湊は首を傾げたが、やがて、何かを思い出したようにあっと声を上げた。けれど、それ以上、何も言い出さない。

「この刑事が担当しているのは、自殺志願者を誘い出し、殺害《さつがい》した男の事件なんだ」

佐久良の説明だけで、湊は察したようだ。おそらく湊もSNS上で死にたいと呟いたことがあるのだろう。それに反応してきたのが、丸田と名乗った犯人だ。けれど、すぐに思い出せなかったところをみると、たいしたやりとりはしなかったに違いない。

「君が無事かの確認と、どんなやりとりだったのかを知りたいだけだろう。俺が代わりに連絡してもいいが、どうする？」

吉見のメールからすると、湊の本名も知らないようだ。犯人のスマホに残った履歴から連絡しているだけで、わかるのは湊のアカウント名だけだと思われる。できることなら、湊も素性《すじょう》を明らかにしたくないだろうし、好き好んで警察と関わりたくもないだろう。

「お願いします」

湊は素直に頭を下げた。そして、丸田について語った。

ほんの一ヶ月ほど前、SNSで死にたいと書き込んだ直後、見知らぬ男からダイレクトメールが届いた。それが丸田だったかどうかも覚えていない。面倒で返事もしなかったし、そのメール自体もすぐに削除《さくじょ》したのだという。

「面倒《めんどう》……か」

「あの頃は何もかも面倒だったんです。人とのやりとりなんて、一番面倒じゃないですか」

佐久良の呟きを拾って、湊が心境《しんきょう》を語る。

「湊が面倒臭《めんどうくさ》がりでよかったよ。事件に巻き込まれずに済んだ」

佐久良がそう言うと、湊は恥ずかしそうに笑う。それから、ふっと表情を引き締めた。

「だから、俺は無事だって、大丈夫だからと伝えてください」

その言葉は、メールの相手である吉見にではなく、佐久良に向けられているように感じる。もう大丈夫、自殺はしないと、佐久良に誓《ちか》ってくれているのではないか。

佐久良が見つめていると、湊は何も言わず、頷いてみせた。佐久良の考えが正しいというように。

「わかった。必ず伝える」

佐久良の返事を聞き、湊は自らドアを開け、車を降りた。湊のリュックは後部座席に乗せていた。それを取るために、佐久良も外に出た。

「いつ、引っ越すんだ？」

リュックを湊に差し出してから、佐久良は尋ねた。

「一ヶ月後くらいです。卒業式が終わったらすぐですね」

躊躇《ためら》いなく答えたことで、湊は引っ越しを受け入れたのだとわかった。

「その前にまた会ってくれますか？」

湊が自ら先の約束を口にした。一ヶ月後も生きているからできる約束だ。佐久良はそれが嬉しくて、必ずと答えた。

笑顔で湊と別れることができた。その後、佐久良は自宅に戻った。まだ昼前だ。今からなら午前休だけで仕事に出られる。湊のことを伝えるという目的もあるし、用もないのに休んでいるのはもったいない。

佐久良は手早く着替えると、すぐに部屋を出た。二日半ぶりの自宅の滞在時間は僅《わず》か十分足らずだった。

いつもとは違う時間帯の通勤は、妙《みょう》に新鮮《しんせん》だった。人が少ないのもそうだが、電車に乗り合わせる客層《きゃくそう》も異なる。

そうして警視庁に到着したのは、午後一時少し前だった。

「班長、もう大丈夫なんですか？」

捜査一課に顔を覗かせた途端《とたん》、佐久良の班の森村《もりむら》が声をかけてきた。

「ああ。もう熱も下がったし、家にいてもすることがないからな」

佐久良は本条に説明してもらっていたとおりの言い訳を口にした。

「班長は仕事人間ですね。俺なら、いっそ今日も休みますよ」

笑いながら言った森村と別れ、佐久良は自分のデスクへと移動する。その際、ざっと室内を見回す。若宮と望月がいなかった。また助っ人を頼まれているのだろうか。

それよりもと、目で吉見を探す。湊からの伝言を早々に伝えておきたかった。

吉見も本条も見当たらず、その代わり藤村《ふじむら》と目が合った。藤村は何故かニヤニヤとした笑みを浮かべて近づいてくる。

「お疲れさまです」

まず挨拶をした佐久良に、藤村は言葉ではなく態度で返した。無言で佐久良の肩に手を回し、壁際《かべぎわ》へと連れて行く。

「二日も休んで何やってたんだ？」

藤村が顔を近付け、小声で尋ねてくる。

「熱が出て……」

「そういう、上司に言うような言い訳はいいんだよ」

何を知っているのか、藤村は仮病だと決めつけていた。

「お前は二日も来ないし、昨日はあいつらまで休むし、こりゃ、もう監禁《かんきん》されてんじゃないかと思ったんだけど、どうだ？」

藤村が探るような目を向けてくる。だが、佐久良には何を言われているのか、その意味が理解できなかった。

藤村の言う『あいつら』は若宮と望月で間違いないだろう。その二人と佐久良の休みが重なったからといって、それを結びつけるのは何故なのか。藤村に三人の関係がバレるはずがないのだ。

「あいつらなら、監禁くらいしそうなんだよな」

佐久良が答えていないのに、藤村は話を続けている。

「藤村さんは二人のことをどう思ってるんですか?」

藤村が何に感づいているのかわからないが、これ以上の追及を避《さ》けるため、佐久良は話を逸《そ》らそうと問いかける。

「とりあえずわかるのは、お前のことになるとおかしくなるってことだな」

「そんなことは……」

ないと否定しようとした佐久良が言葉を途切《とぎ》れさせたのは、急に藤村の体が離れたからだ。

「何してるんですか」

聞こえてきたのは若宮の声。藤村を引き離したのは若宮だった。そうして隙間《すきま》のできたところに望月が入り込む。

「ほらな?」

藤村は体を傾け、望月の体の横から顔を出して、笑いながら言った。

今まで佐久良が気づかなかっただけで、二人は藤村の前でもこんな態度だったのだろうか。佐久良に関することではおかしくなるという話も、今の態度を見せられた後では否定できない。

「佐久良が休んだ理由、お前らが本当のことを言わないから、本人に聞いてたんだろ。こいつが一番、嘘の吐けないタイプだからな」

「病欠です。本条さんに確認してください」

望月が素っ気ない態度で返す。

「本条が本当のことなんて言うかよ。あいつは嘘吐いてようが、表情は変わらねぇんだよ」

藤村が忌々《いまいま》しそうに吐き捨てる。さっきまで上機嫌《じょうきげん》だったのに、本条の名前を出した途端、機嫌が悪くなった。二人は同期なのに、あまり仲が良さそうに見えないのは、藤村が本条にライバル心でも抱いているからなのかと、佐久良は思った。

だが、そのおかげで、話題が逸れた。いつものように堤《つつみ》が回収に来るまでもなく、藤村は不機嫌そうな顔のまま、去って行った。

「今度から、藤村さんに絡まれたら、本条さんの名前を出しましょう」

名案を思いついたというように得意げになる若宮だったが、佐久良は笑えない。藤村に二人との関係がバレているかもしれないのだ。

「これからは今まで以上に、人前での態度に気をつけろ」

佐久良は小声で二人に釘を刺す。そして、話は終わりだと二人に背を向けた。これ以上、部屋の隅《すみ》で、三人で固まっていれば、それも疑惑《ぎわく》を招きかねない。

「人前じゃなければ、何をしてもいいわけだ」

「それはそれで楽しみですね」

背後でなされる不穏《ふおん》な会話を、佐久良は聞こえない振りをした。

6

あれから一ヶ月が過ぎ、いよいよ明日が湊の引っ越しだ。既に湊の母親が三日前からやってきて、最後の片付けをしているらしい。

それらのことは全て若宮から教えられた。いつの間にか、若宮と湊は連絡先の交換をしていたようだ。

佐久良と湊の繋がりを母親に説明するのは難しい。どう言ったところで、佐久良が刑事だとわかれば、いらぬ心配をさせてしまう。そのせいで母親からの余計な質問が増えることを湊は望まないだろう。だから、引っ越し当日ではなく、前日に会おうと、若宮に連絡させた。

マンションから出てきた湊が、佐久良めがけてまっすぐに走ってくる。

「この時間に出てきて大丈夫だったのか？」

「コンビニに行くって言ってきました」

そう言って、湊が笑う。このマンションの下で別れたあの日から、湊とは一度も顔を合わせていなかったが、その笑顔に曇《くも》りはない。

午後八時。この時刻を指定したのは湊だ。日中は荷物の片付けを手伝わなければならず、夕食後のほうが自由になるからとのことだった。

「向こうで何をするか、決めたのか？」

「それはまだ……。しばらくはバイトします」

「働く気になったんだな」

「外に出ないと出会いがないって」

湊の視線が佐久良を離れ、離れて立っている若宮に向けられた。

今日ここで湊と会うことは、若宮経由《けいゆ》で決まったのだから、当然、若宮は知っている。湊は別かと思っていたが、やはりそうではないらしく、他の男と会うときの見張りだと望月と二人揃ってついてきたのだ。

「出会いか……」

まさか湊からそんな言葉が聞けるとは思わず、佐久良はふっと口元を緩める。

「それで見つからなければ、また東京に戻ってきます」

「そうだな。東京のほうが人は多い。出会いも増えるだろう」

先々のことを湊が話しているのが嬉しくて、佐久良の表情は緩みっぱなしなのだが、そんな佐久良を見て湊が笑う。

「違いますよ。佐久良さんのところに戻ってくるってことです」

「俺？」

「最初が佐久良さんなんて、ハードルを上げすぎましたから。佐久良さんくらいにかっこいい人を見つけるのなんて、かなり難しいと思うんです」

なんと答えればいいのか、佐久良は言葉に詰まる。

不本意ながら初体験の相手になってしまったが、湊が戻ってきたら責任を取らなければならないのだろうか。そう考えて、ふと気づく。

「いや、その頃には俺は随分とおじさんになっているだろう」

今でさえ、湊とは倍の年齢差だ。もう何年か経《た》てば四十にもなるし、世間的には完全におじさんだ。

「佐久良さんなら、大丈夫ですよ。あの二人が佐久良さんを老《ふ》けさせるようなことはしないと思います」

二人の視線を感じるのか、湊が困ったように笑う。それ以上、佐久良に近寄るなという圧《あつ》を感じているのかもしれない。

「何年先でも、あいつらはいると思うか？」

「きっといますよ」

先のことなどわかるはずもないのに、湊は断言した。それくらい若宮と望月から佐久良への想いを感じたということなのだろう。

「いなかったら、俺のチャンスなんですけど」

チャンスという言葉の響きがおかしくて、佐久良はクスッと笑う。

「そうか、じゃあ、もしものときのために、がっかりされないようにしておかないとな」

決して、佐久良は湊を受け入れようとしているのではない。ただ湊がそんな先のことを口にするのが嬉しかったのだ。

「いろいろ……ありがとうございました」

湊が深く頭を下げる。そして、顔を上げたとき、何もかも吹っ切ったような、そんな晴れやかな表情をしていた。

湊がマンションへと戻っていく。佐久良はその姿が完全に見えなくなるまで見送っていた。

「何を話してたんですか？」

問いかける声に振り返ると、若宮と望月が近づいてきていた。

「向こうでバイトをするそうだ」

報告する佐久良の顔がつい緩むのも無理はないだろう。全て佐久良の功績ではないにしても、自殺を思いとどまらせたうえに、働く意思まで持たせたのだ。

「これも二人のおかげだ」

佐久良は素直に感謝の言葉を口にする。過激《かげき》で大胆な方法ではあったが、あれがなければここまでの結果は出せなかっただろう。

「でしょ？　役に立つでしょ？」

若宮が得意げにアピールしてくる。けれど、距離は縮めない。さっき湊と対面していたときよりも、佐久良との距離があった。

「百パーセント打算ですけど」

「結果オーライだろ」

二人は言い争いを始めるが、いつもなら佐久良を挟んでいるのに、今日は違う。二人が向かい合っていた。

いや、今日だけではない、思い返せば、この一ヶ月ほどだ。事件に追われていて、プライベートの時間が減っていたから気づけなかった。

「やっと、気づいてくれたんだ」

黙《だま》り込んだ佐久良の表情を見て、若宮が嬉しそうに言った。

「人前での態度を気をつけるようにって言われましたから」

「ちゃんと守ってくれてたんだな」

二人が佐久良の気持ちを理解してくれたのが嬉しくて、胸が熱くなる。けれど、感動したのは一瞬だった。

「その分、人前じゃなければ何をしてもいいんですよね？」

望月がニヤリと笑う。確かにあのときそんなことを言われていたが、佐久良は受け入れていない。ただ聞こえない振りをしただけなのに、暗黙《あんもく》の了解《りょうかい》と都合よく解釈《かいしゃく》したようだ。

「さ、早く行こう」

若宮が佐久良を急かすものの、いつものように腕を取ることはなかった。そうしなくとも佐久良がついてくると信じているのだ。

先を争うように歩き出す二人の後を、佐久良も急ぎ足で続いた。行き先は佐久良のマンションだから、佐久良がいないと入ることができない。いや、それは言い訳だ。人前では気をつけろと言っておきながら、触れられないことに寂《さみ》しさを覚えていた。

マンションに入り、エレベーターに乗り込んでも、若宮と望月は態度を変えない。徹底《てってい》して、佐久良の言いつけを守るようだ。バルコニーだからと油断して写真を撮られたことも後悔しているのかもしれない。

佐久良の部屋のあるフロアに到着して、廊下《ろうか》を歩き、部屋のドアを開けるまで、距離感は保たれていた。けれど、中に入ってドアを閉めた瞬間、その距離はゼロになった。

正面から望月が、背後から若宮が、強く佐久良を抱きしめた。

「やっと触れる……」

耳元で若宮の声が響く。ずっと我慢していたのだと、その切なさが伝わってくる。

「晃紀さん」

佐久良の名前を呼んだその唇が近づいてくる。佐久良は目を閉じて、その唇を受け入れた。

望月とキスをするのは随分と久しぶりな気がするほどに、佐久良はこの感触に飢《う》えていた。望月よりも先に舌を差し出した。

舌と舌が絡み合い、唾液が混じる。これほど積極的に佐久良からキスを求めたのは初めてかもしれない。

二人のキスに当てられたのか、我慢しきれなかったのか、背後から回り込んだ若宮の手が、佐久良の胸をまさぐる。

コートもまだ脱いでいない。その下にはスーツのジャケット、さらにベストにシャツと続く。直接肌に触れるまで道のりは遠い。

「あー、もう限界」

若宮がそう叫んで佐久良を抱き上げた。引き離された望月は不服そうだ。

「若宮？」

「立ったままじゃもどかしい」

若宮は佐久良を抱いたまま、寝室に向かう。両手が塞がっている若宮に代わり、ドアを開けたのは望月だ。こういうとき、二人の間に言葉はいらない。

佐久良はベッドの上に下ろされた。すぐさま若宮が覆《おお》い被《かぶ》さってくる。

「せめてシャワーを浴びさせてくれ」

若宮を見つめ、佐久良は懇願《こんがん》する。触れ合いたいとは思ったが、これでは性急すぎる。せめてもう少し時間が欲しい。そのためのシャワーだ。

「無理」

「待てません」

佐久良の願いを二人はあっさりと拒否した。だが、何か思うところがあったのか、若宮が体を起こし、佐久良を見下ろす。

「けど、これだけ着込んでると脱がすの大変だな」

「そうですね。それに、このコート、相当高いですよ。汚《よご》す前に脱がせたほうがよさそうです」

若宮と望月の意見が一致《いっち》した。若宮はベッドを降りると、

「そういうことだから、一度、立ちましょう」

佐久良の手を引いた。

ベッドの脇に立たされると、さっきと同じように背後に若宮が立ち、前に望月がいる。

まず若宮がコートを脱がせた。その間に望月が幾《いく》つもあるボタンを順番に外していく。そうして、ボタンが外れたものから取り払《はら》われていった。ジャケット、ベスト、シャツと一人でも手際がいいのに、二人がかりとなると驚くほどの早業《はやわざ》だった。佐久良が一切の抵抗をしなかったからでもある。

マメな若宮が、佐久良から取り去ったコート類をハンガーに掛けている間に、望月がスラックスを脱がせ始める。ベルトを抜き取り、すぐさまボタンを外す。ファスナーなど一瞬だ。引っかかりがなくなり、スラックスが床へと滑《すべ》り落ちた。

「足上げて」

戻ってきた若宮が足下に跪《ひざまず》く。佐久良は言われるまま片足ずつ順番に足を上げた。スラックスを抜くのと同時に靴下も脱がされる。

「いいですね」

望月が佐久良の頭からつま先までじっくりと眺《なが》め回す。その視線に釣《つ》られ、佐久良も自らを見下ろした。

今、佐久良は黒のボクサーパンツ一枚しか身につけていない。今更ながら、それを思い知らされ、急に恥ずかしくなる。全裸はもちろん恥ずかしいが、下着一枚というのも中途半端だからなのか、佐久良の羞恥を煽った。

「これもエロいな」

若宮も、舐め回すような視線を向けてくる。

「どうします？　これも脱がせてほしいですか？　それともこのまま？」

望月はそう言いながら、下着の腰のゴム部分に指を差し入れ、引っ張って弾いた。

下着一枚は恥ずかしいが、自分から脱がせてほしいとは言えない。佐久良はどちらとも答えることができなかった。いっそ自分で脱ぎ捨てるのが一番恥ずかしくないかもしれない。けれど、そんなことを許してくれる二人ではなかった。

「じゃ、今日はこのままで」

若宮が佐久良の腰に手を回し、ベッドへと押し倒した。そして、すばやく全てを脱ぎ捨て、全裸になってからベッドに上がった。

改めて、横たわる佐久良に若宮が覆い被さる。

まずはキスからだと、若宮が顔を近付ける。先に玄関で望月とキスしたことを根に持っているのだろうか。

若宮は佐久良を高めるためのキスをする。自分よりもまず佐久良だと、その愛撫《あいぶ》は丁寧《ていねい》だ。唇を舐め、その隙間《すきま》を作り、舌を差し込んでくる。

「ふ……ぅ……」

息継ぎをさせるためにか、若宮が顔を離すと、掠れた息が漏れる。

「気持ちよさそうですね」

望月の声が耳のそばでした。

「俺のキスよりいいですか?」

「当たり前だろ」

邪魔されたと思ったのか、若宮が怒ったように言って、すぐにまた佐久良の口を塞ぐ。

舌が佐久良の口中を探る。上顎《うわあご》を撫でられ、背筋《せすじ》が震え、歯列をなぞられ、体が熱くなる。

「盛り上がってきましたよ」

望月の笑いを含んだ声が何を指摘しているのか。佐久良には嫌というほどよくわかっている。

それでも指摘されれば意識するし、そうなると、ますます盛り上がりが大きくなる。

若宮はキスを堪能《たんのう》した後、ゆっくりと顔を下へとずらしていく。首筋に唇を這わせ、鎖骨《さこつ》を舐《な》める。

「んっ……」

普段は全く意識していない場所なのに、若宮の舌が官能《かんのう》を引き出し、佐久良は甘い息を吐き出す。

若宮はあえて胸の尖《とが》りには触れず、その間を通って臍《へそ》まで舌を辿《たど》り着かせた。その下はもう膨《ふく》らんだ下着だ。

不安なのか、期待なのか、佐久良は思わず体を震わせ、縋るように若宮の髪に指を絡ませた。

若宮の頭がさらに下げられた。

「あっ……」

肌を撫でていた舌が下着の上から膨らみを食《は》む。たったそれだけ、たいした刺激でもないのに、体がびくりと跳《は》ね上がる。

その反応に気を良くしたのか、若宮は唇をすぼめ、膨らみを吸《す》い上げた。一日身につけていた下着など汚いはずだ。だが、若宮は微塵《みじん》も躊躇う様子がない。

「脱ぐ……脱ぐから……」

佐久良は必死で訴えた。若宮がやめるつもりがないなら、佐久良が降参《こうさん》するしかない。

「ダメ。時間切れ。さっき言ってればね」

若宮はあっさりと拒否し、すぐにまた股間に顔を埋《うず》めた。

舐め続ける若宮の唾液のせいで、下着が濡れて張り付く感触が心地悪い。佐久良は身をよじろうとするが、若宮が佐久良の足を跨《また》いで座っているため、上半身しか動かせない。

「見てるだけなんて物足りないと思ってましたけど、なかなかいいものですね。乱れる晃紀さんの姿をあますところなく堪能できます」

望月はずっとベッドに腰掛けているだけで、佐久良に手を出してはいなかった。おまけに服装もコートとジャケットを脱いだだけの姿だ。日常を感じさせる望月に見られると、非日常の中にいる佐久良はいたたまれない。

「やっ……あぁ……」

下着の裾から指を差し込まれ、直接、屹立に触れられた。それまでの若宮の愛撫でも屹立は力を持っていたが、今の刺激で完全に勃ち上がる。

若宮はさらに上からも手を入れてきた。裾からの指は屹立の裏側を擦り、上からの手は表面を撫でる。おまけに口での愛撫もやめないから、敏感になった場所は三つの異なる刺激を受けることになった。

「はぁ……っ……あぁ……」

溢れる声が自分でも耳を覆いたくなるほど淫らに聞こえる。佐久良は羞恥から両手を交差させ顔を覆う。

「顔を隠さないでください」

すっかり見物人となっていた望月が、すぐさま佐久良に命令する。行為に及《およ》んでいなくても、その場にいるだけでドSのスイッチが入るようだ。

佐久良は無理だと首を横に振るが、望月が腕を摑んだ。

「いやらしい顔を見せてください」

腕が左右に開かれ、ベッドに縫《ぬ》い付けられる。身を乗り出した望月がその顔を覗《のぞ》き込んできた。

「本当にいやらしい。発情した顔です」

言葉で辱《はずかし》められ、佐久良の全身が燃えるように熱くなる。佐久良の意識は望月に集中していた。だから、気づくのが遅れた。

若宮が屹立から手を引き、佐久良の足の上からも退いていて、その足を立たせて開こうとしていることに気づけなかった。

閉じようとするより早く、若宮が足の間に体を割り込ませる。今、佐久良は上半身は横たわったまま、曲げた足を開いた状態になっていた。

「あっ……」

ずるりと下着が臀部側《でんぶがわ》だけ後孔が見える位置までずらされる。佐久良は双丘に直接触れるシーツの冷たさに身を竦ませた。

「くっ……ぅ……」

濡れた指が後孔の中を進んでいく。

久しぶりに受け入れる異物の感覚に佐久良は顔を顰めた。それでもその指がもたらす快感を体が知っているからか、押し返すことなく指の根元まで呑み込んだ。

「指が食われそう」

「なら、代わりますか？」

「誰がだよ。この食われそうな感触が最高って話だろ」

余計なことを言うなと望月に反論し、若宮は中の指をぐっと折り曲げた。

「はぁ……んっ……」

肉壁を擦られ、佐久良は甘い声を上げる。

まだ前立腺に触れられたわけではない。けれど、佐久良の中はどこも性感帯になっていて、少し指が触れるだけでも感じてしまう。

佐久良は体を揺らめかし、若宮の指から与えられる快感に酔《よ》っていた。下着の中の屹立は先走りを零している。

「もっと俺の指を呑み込んで……」

若宮の淫靡《いんび》な囁きが、さらに佐久良を追い詰める。

「あぁ……」

二本目の指が後孔を犯す。圧迫感よりも快感が上回り、佐久良は嬌声を上げた。

佐久良を犯す二本の指は、違う動きで中を探っていく。そのたびに佐久良は甘い息を吐き、快感に震えた。

指が増え、三本目もなんなく呑み込むと、若宮が堪えきれないというように声を上げた。

「そろそろ俺も限界」

若宮の言葉どおり、その中心は完全に勃ち上がっている。それが視界に入り、佐久良は生唾を飲み込む。

「コレ、欲しい？」

若宮が自らの屹立に手を這わせ、佐久良を煽る。きっと物欲しげな目をしていたに違いない。

実際、佐久良はそれが欲しくて堪らなかった。

「欲しい……、早くっ……」

佐久良は自ら足を抱え上げ、若宮に後孔を向ける。

恥ずかしくて堪らない。顔は火が付きそうなほどに熱い。それでもより大きな快感を求める気持ちが勝った。本能が若宮を欲していた。

「晃紀、最高だ」

若宮が興奮《こうふん》して叫ぶ。そして、その直後、後孔に押し当てられた屹立が、一気に中を貫《つらぬ》いた。

「あぁっ……」

衝撃が佐久良に悲鳴を上げさせる。ただそれは一瞬だった。中に収まってしまえば、すぐに熱い襞が包み込む。

膝で立った若宮がそのまま貫いたから、佐久良は腰だけでなく、背中が肩甲骨《けんこうこつ》辺りまで浮き上がった。

「うっ……」

ズンと上から押し込まれるような感覚に、佐久良は低く呻《うめ》く。

「この角度も好きでしょ？」

軽い口調ながら、その声は熱い。ようやく中に入れた若宮が快感を得ていないはずがなかった。

「晃紀さんはどの角度も好きですよね？」

笑いながら望月が問いかける。佐久良はぼんやりとした視線を向けた。既に理性はほぼなくなっている。だから、望月がそこにいることを忘れかけていた。

「淫乱《いんらん》だから」

「違う……俺は……」

ひどい言葉に佐久良は首を横に振る。

「でも、気持ちいいんですよね？　こんな格好で突っ込まれてても」

「あ……あぁっ……」

望月と話しているのが気に入らなかったのか、若宮がより奥へ屹立を押し込んだ。佐久良の嬌声が室内に響き渡る。

「ほら、やっぱり淫乱じゃないですか」

望月は手を出さず、言葉だけで佐久良を嬲《なぶ》る。しかもそれをしている望月は至極《しごく》楽しそうだ。

若宮は佐久良を感じさせようとしていて、望月はひたすら辱めようとしている。若宮には体を犯され、望月には心を犯されているようなものだ。

若宮の腰使いが激しくなる。もう望月が何を言っても、耳に入らない。体がずり上がりそうなほど激しく突かれ、佐久良は抱えていた足から手を離し、顔の横でシーツを掴んだ。その佐久良の離した足は素早く若宮が受け取った。

佐久良の足は若宮の腰を挟んで持ち上げられる。その間も奥は繋がったままだ。

「あっ……ああ……はぁ……」

佐久良の口からひっきりなしに淫らな声が溢れ出る。

若宮も余裕がないのか、無駄口《むだぐち》は叩かず、ひたすら腰を使っていた。

佐久良の中心は未だに下着が引っかかっていて、姿こそ見えていないが、既に限界だった。

屹立に触れられていなくても構わない。イクことさえできれば、なんでもよかった。それくらい佐久良は限界だった。

「もうっ……イク……」

「俺も」

若宮が熱い声で同意する。そのすぐ後、浅く引き抜き、一気に奥へと突き入れた。

「ああっ……」

中に広がる熱い迸《ほとばし》りを感じ、佐久良もまた自らを解き放つ。佐久良は下着の中に放ってしまった。そのせいで内側がべったりと張り付き、心地悪《ここちわる》さを感じる。

「この前は中で出せなかった分、今日は思い切り出したから」

若宮は満足げに言って、ゆっくりと自身を引き抜いた。そして、慎重《しんちょう》に佐久良の足をベッドに下ろす。

若宮にしても望月にしても、すぐに佐久良の中で出そうとする。まるでマーキングされているかのようだ。

疲労感に体をベッドに投げ出す佐久良から、若宮は濡れた下着を抜き取った。

「はい、パンツは回収」

おどけたふうに言って、若宮が下着を手にベッドから降りた。

「先に水洗いしてきます」

若宮が全裸のまま下着だけを持って、寝室を出て行った。

「この状況で洗濯《せんたく》って……」

堪えきれないと望月が笑い出す。確かに、その若宮の突飛《とっぴ》な行動は、ぼんやりしていた佐久良に冷静さを取り戻させるに充分だった。

「最初から脱がしておけばよかったんだ」

無駄に辱められたことを思いだし、佐久良はムッとする。

「いえ、あのままでよかったですよ。凄く興奮しました」

望月は佐久良の手を取って、自らの股間へ導いた。スラックスの上からでも膨《ふく》らんでいるのがわかる。佐久良は思わず手を引っ込めた。

「でも、俺は水洗いする羽目《はめ》になりたくないので脱ぎます」

ふっと笑ってから、望月はベッドを降りた。その場で服を脱ぎ始める。佐久良はそれを寝たままで見ていた。

「そんなに気になりますか？」

佐久良の視線を感じたのか、望月が尋ねる。

「いや、まあ、うん」

佐久良は誤魔化《ごまか》そうとしたが、思い直して素直に認めた。いつも二人が裸になっているときは、佐久良に観察できる余裕などなかった。

「二人に比べれば貧弱ですけど」

望月は細身だ。肋《あばら》が浮くほどではないが、目的はともかく鍛《きた》えている若宮と比べると、貧弱《ひんじゃく》に見える。佐久良も職業柄、体が資本だと時間があればトレーニングをするようにしていた。

「鍛えることに興味はないのか？」

「最低限で充分です」

それは人並《ひとな》みに動ければいいということなのだろう。若宮のように男を抱き上げるための筋力《きんりょく》などいらないと言いたいようだ。

話している間に、望月は全てを脱ぎ捨てた。そして、再びベッドに腰掛ける。

「もう休憩《きゅうけい》はできましたか？」

「今は休憩だったのか？」

「立て続けにすると、バテるでしょう？　長く楽しみたいですから」

望月はクスッと笑って、佐久良に手を伸ばす。頬を撫《な》で、それから首筋《くびすじ》を通って、胸まで手を滑《すべ》らせた。

「あ……」

尖りを指の腹で撫でられ、掠れた息が漏れる。

「ここ、ずっと触ってもらえなくて寂しかったんじゃないですか？」

望月がそう言いながら、コリコリと尖りを押しつけ、撫で続ける。

二人のせいで胸が敏感になりすぎている。達したばかりの中心が、望月が指を擦り付けるのに合わせて大きくなっていった。

「俺がいない間に始めるってひどくない？」

開け放していたドアから、若宮が顔を見せる。

「始めるってほどのことはしてませんよ」

望月はそうでしょうと同意を求めるように佐久良を見て、それから、軽く尖りを指で弾いた。

「あ……んっ……」

甘い声を上げた佐久良に引き寄せられ、若宮が近づいてくる。そして、望月の肩を掴んで引き剝《は》がした。

「冷たい水、持ってきたよ」

若宮が手にしていたグラスを佐久良に見せる。忘れていた喉《のど》の渇《かわ》きを思い出す。

「体、起こせます?」

「ああ」

佐久良はベッドに手を突いて、どうにか体を起こした。すぐさま若宮がグラスを手渡す。

受け取ったグラスの冷たさが火照《ほて》った体に心地良い。口に含むと冷たい水が喉を通っていく。一気に渇きが癒《い》えた。

「もういいですね」

グラスが空《から》になるのを見計らい、望月がグラスを奪い取り、サイドテーブルに乗せた。

「いい加減、待たされすぎたので、覚悟してください」

そう言うと、望月がベッドに上がり、座っている佐久良の横に寝転んだ。

「望月?」

佐久良はどうしたのかと名前を呼ぶ。てっきりすぐに手を出されると思っていたのに、その行動が不思議《ふしぎ》だった。

「乗ってください」

寝転がったまま、望月が命令する。

「乗ってって……」

「休憩したから元気になりましたよね？　俺に跨《また》がって、自分で咥《くわ》え込んでください」

望月の企みが明らかになり、佐久良は絶句《ぜっく》する。言われている意味が理解できるのと、実行できるかは別問題だ。

「さっきまで若宮さんのが入ってたんだから、解《ほぐ》さなくても大丈夫ですし」

だから早くと望月が急かす。佐久良は助けを求めて若宮を見た。

「騎乗位《きじょうい》の晃紀……」

若宮がうっとりしたように呟く。

「それをじっくり観察できるとか、最高か」

若宮は望月に向けて、右手の親指を立てる。完全に佐久良の味方ではなくなった。

「そういうことなので、俺のために、乗ってください」

若宮が佐久良に向かって拝《おが》んでみせる。

「乗れって言われてもな」

佐久良は寝ている望月を横目で見た。既に中心が猛《たけ》っていて、佐久良を待ち構えている。

快感に流されているときなら、理性もなくなっているから、こんなに躊躇わずにできただろう。だが、一度、冷静になってしまうと、そうはいかない。自分から求めていることを明らかにするのだ。羞恥が募《つの》り、思い切れない。

俯《うつむ》いて動かない佐久良に焦《じ》れたのか、望月が体を起こし、佐久良の腕を勢いよく引いた。さらに望月を助けるように、若宮が佐久良の腰を掴んで体を浮かせる。

っている。

「あっ……」

バランスを崩し、佐久良は望月の体を挟むようにして手をついた。膝をつき、四つん這いにな

「もうここまでしたら跨いでも一緒でしょ」

若宮の言葉が背中を押した。

このまま何もしないでは済まないのなら、先に進むしかない。佐久良はゆっくりと横に移動し、足で望月を跨いだ。そして、体を起こす。

佐久良は望月の太腿の上辺りにいて、見下ろせば、望月の屹立がある。

「もう少し前ですよ」

横になった望月が、佐久良に指示する。

「わかってる」

「それじゃ、早くお願いします」

望月が限界にあるのは目に見えているからわかる。ずっと待たせていたのだし、佐久良にできることをするしかない。

若宮が移動し、さっきまで望月がいた場所に座った。じっくり観察するのに、そこが適しているのだろう。

佐久良は望月からも若宮からも視線を感じないよう、目を伏せて、膝を前に進めた。望月の屹立を足の間に挟むところで足を止めた。それにそっと手を添え、自らの後孔に押し当てる。

躊躇えばできなくなる。佐久良はそのまま腰を落とした。

「う……ふぅ……」

ゆっくりと体内に望月が入り込んでくる。押されるように息が漏れた。

佐久良に締め付けられ、望月の顔に官能が宿る。

「危なかったな。湊になるところでした」

そう言って望月が笑うと、繋がったところから振動が伝わってくる。

「言うな……」

佐久良は振動で感じるのを堪えながら、言葉を絞《しぼ》り出す。

「他の男の名前なんか……今は聞きたくない……」

「晃紀っ」

「晃紀さん」

二人が感極《かんきわ》まったように名前を叫んだ。

望月が動かないから、佐久良も中に屹立があることに慣れてきた。佐久良は自分を見つめる二人に向けて口を開く。

「俺が抱かれたいと思うのはお前たちだけだ。だから、もう他の男に……」

「ごめん」

佐久良が言い終わる前に、ベッドに乗り上げた若宮が抱きついてきた。若宮の申し訳ないという気持ちは伝わってくる。けれど、今のこの状況を考えて欲しかった。

「馬鹿っ……あぁ……」

若宮に体を揺さぶられ、抗議もできないほど感じてしまった。望月の屹立が佐久良の前立腺を抉《えぐ》ったのだ。

「あ、これもごめん」

佐久良の状態に気づいた若宮が、謝罪《しゃざい》してからそっと体を離した。

「若宮さん、下がってください。俺の番です」

「わかってるって、ついさ」

そう言いながら、若宮は素直にベッドを降り、また端《はし》に腰掛けた。

「晃紀さん、今のところがいいですか?」

問いかけに佐久良は首を横に振った。感じすぎるから嫌だと、そこを擦られるともう何もできなくなると訴える。

「なるほど。よくわかりました」

「ああっ……」

望月が少し体を起こし、佐久良の手を摑んで引っ張った。前屈《まえかが》みになったせいで、さっきの場所を擦られ、佐久良は悲鳴を上げる。

「ここが好きなのは知ってます」

望月は手を摑んだまま、下から腰を突き上げる。

「あ……あぁ……」

激しい突き上げではなく、小刻みに揺さぶられ、佐久良は甘い声を上げ続ける。

さっきほど激しく擦られてはいないから、ほどよく心地いい快感だ。だが、それが絶《た》えず長く続くとなれば、気持ちいいだけでは済まなくなる。

「待っ……て……あぁ……」

感じすぎて辛《つら》いと訴えたかったのに、揺さぶる動きは止まず、言葉にできない。佐久良の屹立は与えられる快感により先走りを零し始めている。

「たまんないなぁ。最高にエロい」

若宮がその存在を思い知らせるように声を発した。

「わ……かみ……ぁ……」

「何?」

まともに名前を言えなかったのに、若宮はちゃんと聞き取った。

「イ……イきたい……」

「触ってほしい?」

どこをとは言われなかったが、佐久良は希望を込めて頷いた。

「でもなぁ、俺の番じゃないし」

若宮がチラッと望月に視線を向けた。若宮のときには望月は手を出さなかったから、若宮もフエアにしようとしているのだろうか。

「若宮さんならいいですよ」

「マジで？」

望月の言葉が意外すぎたのか、若宮が驚きの声を上げる。

望月は動きを止めて、フッと笑う。

「俺たちになら何をされてもいいんですよね？」

そんなふうには言っていないが、今の佐久良には細かい違いなと認識できない。『俺たち』だけが佐久良にとって特別だろうと問われているようにしかわからなかった。だから、そうだと頷いて返す。

「俺たち以外は嫌なんですね？」

「い……嫌……だっ……」

望月が揺さぶりながら尋ねるから、佐久良は言葉を途切れさせながらも答える。

改めて二人に抱かれて実感した。やっぱり二人だけがいいと。湊には必要なことだったのかもしれないけれど、二人でなければこんなに感じることはないだろう。二人だからこそ、ここまで佐久良を高められるのだ。

既に佐久良は快感に支配されている。それだけに口から出た言葉も態度も嘘ではないと、二人には伝わったはずだ。

「晃紀さんが認めてるのに、俺が認めないわけにはいかないでしょう。もう一つの俺の手だと思うことにします」

「なんだよ。ってことは、今入ってんのも俺のってことか」

若宮は呆れたように笑いつつも、決して嫌がっている風ではなかった。そして、視線は佐久良と望月の結合部に注がれる。

「そういうことなので、晃紀さんをイかせてあげてください。俺は俺で好きに動きますから」

「勝手な奴だな」

望月には吐き捨てるように言って、佐久良には笑顔を向ける。

「お待たせしました」

若宮は横から手を伸ばし、佐久良の屹立を扱《しご》き立てた。

「はぁ……っ……」

待ちわびた刺激をようやく与えられ、佐久良は歓喜《かんき》の声を上げる。後ろだけでイけるようになったと言われても、男として前を触られないと、体の中に燻り続ける何かがあった。

望月に手を引かれたままだから、前屈みになり、腰が浮いている。そこをめがけて望月が屹立を突き立てる。その間も若宮が佐久良の屹立を扱き続ける。

「もうっ……」

イクという言葉は声にならなかった。その前に佐久良は若宮の手に迸りを解き放った。

「俺もそろそろイきます」

望月が宣言してから、佐久良の中に強く打ち付けた。

中に熱いものが広がっていく。覚えのある感覚に、佐久良は身を震わせる。

「晃紀、こっち」

まだぼんやりとしているものの、若宮に呼ばれ顔を向ける。

若宮は佐久良の脇の下に手を入れ、望月から引き離そうとした。

「あ……」

持ち上げられ、中から望月が抜け出て行く。その瞬間、中から二人の放ったものが溢れ出た。

それを若宮が佐久良の足の付け根に手を這わせ、指で拭《ぬぐ》った。

「零れちゃったからまた蓋《ふた》しないと」

その言葉が佐久良を覚醒《かくせい》させる。ぼんやりしている場合ではないと、佐久良は若宮の腕から抜け出た。

「もう無理だ」

「俺も無理かな。これを治めるの」

若宮が視線を落とすと、形を変えた屹立がある。一度、達しているとはいえ、先程はずっと見ている番だった。間近で佐久良の痴態《ちたい》を見て、興奮したのだと若宮が訴える。

「せめて休憩させてくれ」

こうなった若宮が引かないことはわかっているが、二人に続けて抱かれた後で体力が限界だった。

「また休憩ですか？」

「お前たちは交代でも、俺はずっとなんだ」

「晃紀は一人なんだから、それは仕方なくない？」

「だから、少し休ませてくれれば……」

佐久良は言葉を濁《にご》す。体力さえ回復すればいくらでも抱かれたいと言っているようなものだと気づき、恥ずかしくなったのだ。

「じゃ、休憩したら再開しますよ?」

確認を取るように言われ、佐久良は頷いて返した。

「なら、俺はお代わりを持ってこよう」

若宮はベッドを降り、空になったグラスを持って部屋を出て行った。相変わらず全裸のままだが、全く気にならないようだ。

「どうしてあんなにマメになれるんですかね」

望月は完全に呆れ口調だ。若宮は佐久良の世話を焼くことが楽しくて仕方ないらしいのだが、望月にはその気持ちが理解できないようだ。

「マメなのが若宮だけでよかったよ」

佐久良はしみじみと呟く。

「どうしてです?」

「二人がかりで甘やかされたら、俺は一人で何もできなくなる」

「そう言われると、俺もマメにならざるを得ないです」

望月は何を想像したのか、ふっと笑う。

「俺たちがいなければ生きていけないようにしたいけど、そうなると晃紀さんは刑事でいられなくなる。それは嫌なんです。俺は刑事の晃紀さんも好きですから」

望月の告白が佐久良の胸を熱くする。外見で好きと言われていたのなら、二人を受け入れることはなかったが、刑事の自分を認められたのが嬉しかった。

「だから、俺たちが晃紀さんを監禁《かんきん》してもおかしくないって、藤村さんが言ってたのは、案外、間違ってないのかもしれません」

望月が物騒《ぶっそう》なことを言い出したとき、若宮が戻ってきた。

「監禁するなら、この部屋が一番いいけど、そうなると、晃紀は自分の部屋に監禁されることになっちゃうから、どうしよっか」

若宮は楽しそうに監禁計画を話し出したものの、

「ま、しないけど」

あっさりと否定した。

「そうですね。俺もしませんよ」

望月も若宮に同意する。こういうとき、二人は本当に驚くほど意見が一致する。

「晃紀さんが楽しくないことはしませんよ」

「そんなことはないだろう」

さっきまでの望月の行動を思い返し、佐久良は反論する。それまでも二人には随分と酷《ひど》いことをされている。佐久良はそう訴えた。

「本当に？」

若宮が顔を覗き込む。

「いつも気持ちよさそうにしてますよね？」

反対側から望月も佐久良を見つめる。

「これはひどいこと？」

若宮の手が佐久良の首筋を撫でる。佐久良は違うと首を振る。

「それじゃ、これはどうです？」

望月が軽く胸の尖りを撫でた。これがひどいはずがない。佐久良はまた首を振る。

そうして、交互に体中を撫で回され、佐久良は次第に首を振ることさえできなくなった。二人の手は、この世で一番、佐久良の快感を引き出すことができる。佐久良にできるのは感じることだけだ。

結局、たいした休憩もできないまま、濃密《のうみつ》な夜は再開された。

あとがき

こんにちは、はじめまして。いおかいつきと申します。

なんと『飴《あめ》と鞭《むち》も恋《こい》のうち』第三弾です。リロードシリーズのスピンオフとして、一冊きりになるかと思っていたのですが、まさかのシリーズ化。これもひとえに前作、前前作をお買い求めくださった皆様のおかげです。ただひたすら感謝でございます。

今回もまた、いかに班長を脱がせるか、隙あらば脱がせようとしていたのですが、なかなかいい感じに脱がせられたのではないかと、自己満足しております。

イラストを描いてくださった國沢智《くにさわとも》様。今回も素敵なイラストをありがとうございます。この仕事をしていてよかったと実感しております。

いつもお世話になっている担当様。肌色率上昇の後押し、ありがとうございました。心置きなく増量できました。

そして、最後にもう一度。この本を手にしてくださった方へ、最大の感謝を込めて、ありがとうございました。

いおかいつき

Lovers Label

飴と鞭も恋のうち
～Thirdキス～

ラヴァーズ文庫をお買い上げいただきありがとうございます。
この作品を読んでのご意見・ご感想をお聞かせください。
あて先は下記の通りです。

〒102－0072
東京都千代田区飯田橋2-7-3
(株)竹書房　ラヴァーズ文庫編集部
いおかいつき先生係
國沢 智先生係

2021年2月5日
初版第1刷発行

●著　者
いおかいつき ©ITSUKI IOKA
●イラスト
國沢 智 ©TOMO KUNISAWA

●発行者　後藤明信
●発行所　株式会社　竹書房
〒102－0072
東京都千代田区飯田橋2-7-3
電話　03(3264)1576(代表)
　　　03(3234)6246(編集部)
●ホームページ
http://bl.takeshobo.co.jp/

●印刷所　中央精版印刷株式会社

ISBN 978-4-8019-2541-0　C0193